パウル・ツェラン
詩文集

飯吉光夫 編・訳

白水社

パウル・ツェラン詩文集

装幀＝奥定泰之

パウル・ツェラン詩文集・目次

Ⅰ　詩

罌粟《けし》と記憶
死のフーガ　12
光冠《コロナ》　16
数えろ、アーモンドの実を　18

敷居から敷居へ
入れ替わる鍵で　22
夜ごとゆがむ　23
沈黙からの証《あか》しだて　26

ことばの格子
声たち 32
白く軽やかに 37
ことばの格子 40
引き潮 42
迫奏《ストレッタ》 44

誰でもないものの薔薇
ぼくらにさしだされた 60
頌歌 63
あかるい石たち 65

息のめぐらし
わたしをどうぞ 68

立っていること 69
糸の太陽たち 70
灼きはらわれた 71
ひとつのどよめき 73

糸の太陽たち

刻々 76
咬傷 77
そのさなかへ 78
おまえは 79
アイルランド風に 80
時がきた 81
力、暴力 82

迫る光

かつて 84
ブランクーシ宅に、ふたりで 85
さえぎられて 86
あなたが 87
祈りの手を断ちきれ 88
狂気への道をたどる者の眼 89
あらかじめはたらきかけることをやめよ 90

雪の区域《パート》

落石 94

II 詩論

＊講演
ハンザ自由都市ブレーメン文学賞受賞の際の挨拶 100
子午線 104
ヘブライ文芸家協会での挨拶 133

＊散文
エドガー・ジュネと夢のまた夢 136
逆光 149
パリのフリンカー書店主のアンケートへの回答 154
山中の対話 156
ハンス・ベンダーへの手紙 165
フリンカー書店主のアンケートへの回答 168

真実、雨蛙、作家、赤ん坊を運んでくる鸛《こうのとり》 169
シュピーゲル誌のアンケートへの回答 171
詩《ポエジー》は…… 172

解説 173
パウル・ツェラン年譜 196

I

詩

罌粟《けし》と記憶

Mohn und Gedächtnis

死のフーガ

Todesfuge

あけがたの黒いミルク僕らはそれを夕方に飲む
僕らはそれを昼に朝に飲む僕らはそれを夜中に飲む
僕らは飲むそしてまた飲む
僕らは宙に墓を掘るそこなら寝るのに狭くない
一人の男が家に住むその男は蛇どもをもてあそぶその男は書く
その男は暗くなるとドイツに書く君の金色の髪マルガレーテ
彼はそう書くそして家の前に歩み出るすると星また星が輝いている
　彼は口笛を吹いて自分の犬どもを呼び寄せる
彼は口笛を吹いて自分のユダヤ人どもを呼び出す地面に墓を掘らせる
彼は僕らに命令する奏でろさあダンスの曲だ

あけがたの黒いミルク僕らはお前を夜中に飲む
僕らはお前を朝に昼に飲む僕らはお前を夕方に飲む
僕らは飲むそしてまた飲む
一人の男が家に住む蛇どもをもてあそぶその男は書く
その男は暗くなるとドイツに書く君の金色の髪マルガレーテ
君の灰色の髪ズラミート僕らは宙に墓を掘るそこなら寝るのに狭くない

男はどなるもっと深くシャベルを掘れこっちの奴らそっちの奴ら
　歌え伴奏しろ
男はベルトの拳銃をつかむそれを振りまわす男の眼は青い
もっと深くシャベルを入れろこっちの奴らそっちの奴らもっと奏でろ
　ダンスの曲だ

あけがたの黒いミルク僕らはお前を夜中に飲む

僕らはお前を昼に朝に飲む僕らはお前を夕方に飲む
僕らは飲むそしてまた飲む
一人の男が家に住む君の金色の髪マルガレーテ
君の灰色の髪ズラミート男は蛇どもをもてあそぶ

彼はどなるもっと甘美に死を奏でろ死はドイツから来た名手
彼はどなるもっと暗鬱にヴァイオリンを奏でろそうしたらお前らは
　煙となって空に立ち昇る
そうしたらお前らは雲の中に墓を持てるそこなら寝るのに狭くない

あけがたの黒いミルク僕らはお前を夜中に飲む
僕らはお前を昼に飲む死はドイツから来た名手
僕らはお前を夕方に朝に飲む僕らは飲むそしてまた飲む
死はドイツから来た名手彼の眼は青い
彼は鉛の弾丸《たま》を君に命中させる彼は君に狙いたがわず命中させる

一人の男が家に住む君の金色の髪マルガレーテ
彼は自分の犬を僕らにけしかける彼は僕らに空中の墓を贈る
彼は蛇どもをもてあそぶそして夢想にふける死はドイツから来た名手
君の金色の髪マルガレーテ
君の灰色の髪ズラミート

光冠《コロナ》

Corona

僕の手のひらから秋はむさぼる、秋の木の葉を——僕らは恋人同士。
僕らは胡桃《くるみ》から時を剝きだし、それに教える、歩み去ることを——
時は殻の中へ舞い戻る。

鏡の中は日曜日。
夢の中でまどろむ眠り。
口は真実を語る。

僕の目は愛するひとの性器に下る——
僕らは見つめあう、
僕らは暗いことを言いあう、

僕らは愛しあう、罌粟《けし》と記憶のように、
僕らは眠る、貝の中の葡萄酒のように、
月の血の光を浴びた海のように。

僕らは抱きあったまま窓の中に立っている、みんなは通りから僕らを
　見まもる――

知るべき時！
石がやおら咲きほころぶ時、
心がそぞろ高鳴る時。
時となるべき時。

その時。

数えろ、アーモンドの実を

Zähle die Mandeln

数えろ、アーモンドの実を、
数えろ、苦かったもの、あなたをはっきりと目醒めさせていたものを、
数え入れろ、ぼくを、そこへ——

あなたが目を見開いているのに誰もあなたを見る者がなかった
　あのころ、ぼくはあなたの目をさがしもとめていた。
それをつたわってあなたの想念の露が甕の中へとしたたり落ちる
あのひそやかな糸を、ぼくは紡ぎつづけた、
その甕をいまも誰の心にも達することのなかった唱《とな》え文句がまもって
　いる。

それがある場所ではじめて、あなたはあなたのものである名の中へ
　すっぽりと入りこんだのだった、
あなたは確かな足どりであなた自身のもとに歩み寄り、
あなたの沈黙の鐘楼の中で鐘が高らかに鳴りわたり、
じっとひそかに待ち望まれていたものが、あなたのそばに駆け寄り、
これまで死につづけていたものがあなたの肩にも腕をまわし、
こうしてあなたがた三人はつれだって夕闇の中を行ったのだった。

苦くしろ、ぼくを。
数え入れろ、ぼくを、アーモンドの実へ。

敷居から敷居へ

Von Schwelle zu Schwelle

入れ替わる鍵で

Mit wechselndem Schlüssel

入れ替わる鍵で
あなたは家のドアをあける、なかには
沈黙したまま口に出されずに終わった言葉の雪が吹き荒れている。
あなたの目や口や耳から流れ出る
血につれて、
あなたの鍵も入れ替わる。

あなたの鍵が入れ替わると、言葉も入れ替わる、
吹雪とともに吹きすさぶことのできる言葉。
あなたを吹きとばそうとする風につれて、
言葉のまわりに一つまた一つと雪のかたまりができる。

夜ごとゆがむ

ハンナとヘルマン・レンツのために

Nächtlich geschürzt

夜ごとゆがむ
花たちの唇、
さしかわし、　いりくむ
唐檜《とうひ》の幹、
土気色になる苔、　おののく石、
はてしない飛翔へとめざめる
氷河の上の鴉たち——

ここがぼくらが追いすがった者たちの
憩う場所——

かれらは時刻を数えまい、
雪片を数えまい、
川のながれを堰まで辿るまい。

かれらは世界にはなればなれに立っている、
それぞれがそれぞれの夜のもとに、
それぞれがそれぞれの死のもとに、
無愛想に、頭には何も被《かぶ》らず、
遠近《おちこち》の霜を頂いて。

かれらはかれらの生いたちにまつわる負い目を返す、
かれらは夏のように不当に存在する言葉に
負い目を返す。

一つの言葉、きみは知っている——
それは屍《しかばね》。

ぼくらはそれを洗ってやろう、
ぼくらはそれを梳《くしけず》ってやろう、
ぼくらはその目を
天にむけてやろう。

沈黙からの証《あか》しだて

ルネ・シャールへ

Argumentum e silentio

黄金《きん》と忘却にはさまれて
鎖につながれている――
夜。
黄金も忘却もこの夜に手をのばした。
夜はこの両者にされるままになった。

寄り添わせよ、
おまえもこの夜にいま寄り添わせよ、
朝ともども明けそめようとする言葉を――
星がその上をへめぐった言葉を、

海がその上におしよせた言葉を。

ひとりびとりに言葉を。
番犬の群が背後から、
襲ったとき、
ひとりびとりに歌いかけられた言葉を——
ひとりびとりに歌いかけたあと、硬直した言葉を、

夜のそばに、そのそばに、
星がその上をへめぐった言葉を、海がその上におしよせた言葉を、
毒牙が
その綴り《シラブル》を貫いたとき、
血が凝固することなくいつまでも流れつづけた沈黙したまま語られ
　ずに終わった言葉を、
そのそばに。

沈黙したまま口に出されずに終わった言葉を、そのそばに。

虐待者たちの耳とつるみながら
やがて時間や時代をもひとり占めにする
他の言葉たちとは逆に、
この言葉は土壇場になって、

耳に鎖の音だけが聞こえる土壇場になって、
昔から黄金と忘却とにはさまれて
この両者とひとつらなりになってよこたわる
夜を証しだてる——

というのも、教えてくれ、
いったい言葉はどこで明けそめるというのか、

あふれでる涙の流域から立ち昇る朝日に
幾度も幾度も
そのみずみずしい苗をしめす夜のそばの他には？

ことばの格子

Sprachgitter

声たち

水面の緑に
刻まれる声たち。
カワセミが潜るとき、
秒刻が唸りを立てる——

両岸で
お前に身近だった草むら、
それが刈り取られて、
景色が変わる。

★

Stimmen

イラクサの道からの声たち——
おいで、逆立ちして、私たちのところへ。
ランプとふたりきりでいる者だけが、
ランプから読みとる手を持つ。

★

夜闇の中から生じた声たち、綱《ロープ》たち、
お前はその綱に鐘を吊る。

弧となれ、世界よ——
死者たちの貝が流れ着くとき、
ここで鐘が鳴り響くだろう。

★

それを耳にするとお前の心臓が

お前の母の心臓へ逃げ戻る声たち。
老木と若木がこもごも
指輪を取り交わしあっている
絞首の木からの声たち。

★

永遠なる者も、
粘液質の（心の）せせらぎも、
シャベルを動かしている砂利河原からの、喉《こう》音の声たち。
私が人びとを乗りこませた船を、
わが子よ、ここに下ろせ——
船体の中央に突風が当たるとき、
鎹《かすがい》は嵌《はま》るだろう。

★

ヤコブの声——

涙。
兄弟の目にやどる涙。
その一粒は流れ落ちようとしなかった、ふくらんだ。
私たちはその中に住んでいる。
息をしろ、
その涙がはじけるように。

★

方舟《はこぶね》の内側からの声たち——

救助されたのは、

口たちばかり。
お前たち、
沈みゆく者よ、聞け、
私たち口のこの声も。

★

声ではない
声が——一つの
晩《おそ》くなって起こるざわめきが、時ならぬ時、
ここでようやく呼びおこされて、
お前の想いに授けられる——一枚の、
目の大きさの、深い
刻み目の入った果葉、それが
脂《やに》を滴らす、傷口は
塞がろうとしない。

白く軽やかに

Weiß und Leicht

数かぎりない、三日月型砂丘。

風下に千重《ちえ》の面影をやどす――きみ。
きみと、きみの方へ伸ばされる
ぼくのあらわな腕、
ああ亡い女《ひと》よ。

ふりそそぐ光。それがぼくらを吹きよせて一つにする。
ぼくらはになう、その輝きを、痛みを、名まえを。
ぼくらのほうにむけて身じろぎするものは、
白く、

ぼくらがとりかわすものは、
重さを持たない。
白く軽やかなもの――
さまよわせよ、それを。

ぼくらのように月のような間近さにある遥かなる者たち。その者たちが築く。
さまようものがそこで折れ曲がる
断崖を築き、
さらに
築きつづける――
光の泡と砕けちる波で。
さまようものが、断崖からさし招いている。
額を

それはさし招いている、
鏡のようにあたりを映し出すようにと
ぼくらにさずけられた額を。

額。
額もろともぼくらはそちらへ打ち寄せる。
額の浜辺。

眠っているの、きみは？

眠り。

海の碾臼《ひきうす》がまわる、
氷のように澄んで、音もなく、
ぼくらの目の中で。

ことばの格子

Sprachgitter

格子の棒たちの間の眼球。

繊毛動物である瞼《まぶた》が、
上方へ漕ぎ進んで、
一つの眼差しを解放する。

虹彩、それは夢もなく陰鬱に浮遊する女——
心の灰色をした空が、間近にあるにちがいない。

鉄製の燭台の筒に斜めに差されて、
油煙をあげる木ぎれ。

その光覚で
おまえは亡きひとの魂を推しはかる。
（ぼくがあなたのようだったら。 あなたがぼくのようだったら。
ぼくらは
同じ一つの貿易風の下にいたのではなかったか？
僕らはいま見知らぬ同士。）

石畳。 その上に、
ぴったりと寄り添う、 二つの
心の灰色をした水溜り——
二つの
口もとまであふれる沈黙。

引き潮

Niedrigwasser

引き潮。ぼくらはフジツボを
見た、ツタノハ貝を
見た、ぼくらの両手の爪を
見た。
誰もぼくらの心の壁から言葉を切り離さなかった。

(ワタリガニの足跡、明日、
這い進む筋跡、住居の通り路、
灰色の泥地に描かれた
風紋。細かい砂、
粗い砂、壁から

引き剝がされたもの、他の
硬い部分からの、
トゲウオからの。）

一つの目が、今日、
もう一つの目によりそっていた、ともども、
瞼を閉ざしたまま、潮の流れにのって、
自分たちの影のところまで下って行った、積荷を
下ろし（誰も
ぼくらの心の壁から言葉を――）外にむけて
鉤型の突堤を築いた、――
一つの砂州を、小さな、
航行不能の
沈黙の前方に。

迫奏《ストレッタ》

Engführung

★

まぎれもない痕跡を残す
構内へ
送りこまれて――

きれぎれに書かれた草。草の茎の影を映す
白い石――
もう読むな――見よ！
もう見るな――行け！

行け、お前の時刻に
姉妹はない、お前はいま——
いま故郷にいる。一つの車輪が、おもむろに、
ひとりでに転がりはじめる、車の輻《や》が、
のぼって行く、
黒ずんだ原をのぼって行く、この夜に
星はいらない、どこにも
お前を尋ねる声はない。

★

どこにも
お前を尋ねる声はない——

彼らが横たわっていた場所、そこには
名がある——そこには

名がない。彼らはそこに横たわってはいなかった。何ものかが、
彼らの間に横たわっていた。
見通しがきかなかった、

見通せなかった、
言葉について
語りあった。誰も
眼覚めなかった、
眠りが
押し寄せて来た。

★

来た、来た。どこにも

お前を尋ねる声は——

それは私、私、
私があなたがたの間に横たわっていたのだ、私は
誰にも心をひらいていた、誰の耳にも
聞こえていた、指先でとんとんとあなたがたに触れた、あなたがたの
息が
それに応えた、私はいまも
あのときのまま、あなたがたは
眠っているのですね。

いまもあのときのまま――

★

歳月。
歳月、歳月。一本の指が
触わりながら下る、上る、触わりながら

さまよう——
縫合箇所が、感じられる、こちらでは
ぱっくりと口を開き、こちらでは
再度癒合している——塞いだのは
誰？

★

来た、来た。
言葉が来た、来た、
夜闇を縫って来た、
輝こうとした、輝こうとした。

塞いだ
のは——
誰？

灰。
灰、灰。
夜闇。
夜闇——また——夜闇。——目へ
行け、濡れた目へ。

★

目へ
行け、
濡れた目へ——

ハリケーン。
かつての日のハリケーン。
微粒子のふぶき。そのほかは、
お前はもちろん

知っている、僕らは
それを本で読んだ、そのほかは――
臆測だった。

だった、臆測
だった。僕らは
何としっかりと
しがみつきあっていたことか――何としっかり、この
二つの
手で？

そこにはこうも書いてあった、………とも。
どこに？　僕らは
それには沈黙を守った。
毒に鎮められた、大きな、

一つの
緑色の
沈黙。ひとひらの萼《うてな》、そこには
何か植物のようなものへの想いがまつわっていた——
緑色の、そう、
まつわっていた、そう、
陰険な
空の下で。

何か、そう、
植物のようなものへの。

そう。
ハリケーン、微-
粒子のふぶき、時間が

残されていた、残されていた、
石を相手に試みることが――石は
僕らを扱うすべを知っていた、石は
余計な口をきかなかった、僕らは
なんと恵まれていたこと――

粒状の、
粒状で、繊維状の。茎状の、
密な――
房状の、放射状の――腎臓状の、
板状の、
塊状の――粗な、枝-
分かれした――石は、余計な口を
きかなかった、石は、
それは語りかけた、

閉ざす前のかわいた目に語りかけた。
語りかけた、語りかけた。
だった、だった。

僕らは
からまりあいを弛めなかった、ただなかに
さらされていた、一つの
気孔体、すると
それは来た、言葉は来た、

僕らをめざして来た、夜闇を
縫って来た、見えぬまま
繕った、最後の薄膜を
繕った、

すると、
世界が、千の結晶体が、
析出した。析出した。

★

　　　　　　　　　　　析出した、析出した。
　　　　　　　　　　すると――

夜また夜が、分離された。緑色や青の
円形たち、赤の
正方形たち――世界は
新たな
時刻との賭のために、
その内奥までをさらけ出した。――赤や黒の
円形たち、明るい色の

正方形たち、一つの
飛影、
一台の
測量台、一筋の
煙の魂も昇りたたない、遊戯に加わらない。

昇りたたない、
遊戯に加わらない――

かわたれどき、石化した癩《らい》の
かたわらに、
逃げた僕らの手の
かたわらに、
最後の劫罰のさなかに、
埋ずもれた壁の前の

射垜《しやだ》の
上方に――

見える、新た
に――あの
線条《すじ》たちが、あの

合唱が、あの時の、あの
頌栄が。讃メ、讃メー
タタエョ。

では
いまも神殿は立っているのだ。一つの
星に
いまも光は宿るのだろう。

何も、
何も失われていない。
讃メー
タタエヨ。

かわたれどき、ここに、
日の灰色に、地下水の痕跡たちがかわす
さざめき。

★

（――　　――日の灰色に、
地下水の痕跡たち
がかわす――

まぎれもない

痕跡を
残す
構内に
送りこまれて――

きれぎれに書かれた
草、
草）

誰でもないものの薔薇

Die Niemandsrose

ぼくらにさしだされた

Soviel Gestirne

ぼくらにさしだされた
これほどおびただしい星。ぼくは
あなたを見つめていたあのころ――いつ？――
外の、ほかの
世界にいた。

おお、乳のようにながれるこれらの道筋、
おお、ぼくらの名の重荷のなかへ
あの夜々をはこんできた
あの時刻、それは
――ぼくは知っている――ほんとうではない、

ぼくらが生きていたというのは、あれはただ、
ひとつの息が、めしいたまま、
《彼処《かしこ》》と《其処《そこ》にいない》のあいだを行っただけなのだ、そして
　ときおり、
ひとつの目が、彗星のように、
消え絶えたものめざしてくるめきとんだ、
それが燃えつきたところ、峡《はざま》には、
けものの乳首のようにきららかに、《時》が立っていた、
それにまつわりながらはやくも、上へ、下へ、
彼方へと、いま
あるもの、かつてあったもの、これからもあるだろうものが伸びて
　いた――

ぼくは知っている、
ぼくは知っている、あなたも知っている、ぼくらは知っていた、

ぼくらは知っていなかった、ぼくらは
たしか其処《そこ》にいた、彼処《かしこ》にはいなかった、
そしてときおり空無が
ぼくらのあいだに立ったときのみ、ぼくらは見いだした、
よりそうかたみを。

頌歌

Psalm

誰でもないものがぼくらをふたたび土と粘土からこねあげる、
誰でもないものがぼくらの塵に呪文を唱える。
誰でもないものが。

たたえられてあれ、誰でもないものよ。
あなたのために
ぼくらは花咲くことをねがう。
あなたに
むけて。

ひとつの無で

ぼくらはあった、ぼくらはある、ぼくらは
ありつづけるだろう、花咲きながら——
無の、誰でもないものの
薔薇。

魂の透明さを帯びた
花柱、
天の荒漠さを帯びた花粉、
茨《いばら》の棘《とげ》の上高く、
おおその上高くぼくらが歌った真紅のことばのために赤い
花冠。

あかるい石たち

Die hellen Steine

あかるい
石たちが宙をよぎる、あかるい
白い石たち、光を
はこぶものたち。

それらは
降りようとしない、落ちようとしない、
当たろうとしない。それらは
昇る、
ささやかな
垣の薔薇さながら、それらは花ひらく、

それらはただよう、
あなたのほうへ、あなた、ぼくのひそやかなひと、
あなた、ぼくの真実のひと——

ぼくはあなたを見る、あなたは、ぼくの
あたらしい、ぼくの
誰もの手で、その石たちを摘む。
あなたはそれらを投げいれる、だれも泣かずにすむ、だれも
名づけずにすむ、
ひときわあかるい圏へ。

息のめぐらし

Atemwende

わたしをどうぞ

わたしをどうぞ
雪でもてなしてください——
ぼくが桑の木と肩をならべて
夏のなかを行くたびに、
桑の木のいちばん幼い葉は
叫んだ。

Du darfst

立っていること

Stehen

立っていること、宙の傷痕の
影のもとに。
だれのためでもなく――なにのためでもなく――立っていること。
だれにも気づかれず、
ただ
おまえひとりだけのために。
このなかに空間を占めるすべてのものとともに、
ことばも
なく。

糸の太陽たち

Fadensonnen

糸の太陽たち、
灰黒色の荒蕪の地の上方に。
ひとつの
樹木の高さの想いが、
その光の色調《トーン》を
とらえる——
まだ歌える歌がある、
人間の
彼方に。

灼きはらわれた

Weggebeizt

あなたの言葉の光の風に
灼きはらわれた似非《えせ》‐
体験のいろとりどりの饒舌——百枚‐
舌のわが偽‐
詩、非詩。

吹き‐
はらわれて
ひろびろと
なった道、
人の

かたちの
懺悔者雪をぬっていく、
ねんごろな
氷河室《むろ》や氷河卓《づくえ》への道。

時の亀裂の奥
深く、
蜂窩《ほうか》状氷の
かたわらに、
待ちうける一個の息の結晶、
くつがえすことのできぬあなたの
証《あか》し。

ひとつのどよめき

Ein Dröhnen

ひとつのどよめき——いま
真実そのものが、
人間どものなかに
歩みいった、
暗喩《メタファ》たちのふぶきの
さなかに。

糸の太陽たち

Fadensonnen

刻々

刻々、だれの手まねき？
明るさはすみずみまで眠っていない。
おまえはのがれ出ることなく、
いたるところで、
心をあつめよ、
立っていよ。

Augenblicke

咬傷

どこにもない咬傷。
それをもおまえは
とりさらねばならない、
ここから。

Die Spur eines Bisses

そのさなかへ

Die zwischenein-

そのさなかへ
霰《あられ》となって降りこめる救援の
数が増す、

名づける行為が
熄《や》む、

氷河の乳状渓流が
十分に数を増した救援をその上にのせて運ぶ、
それらの
まぎれもない火影《ほかげ》の
浮遊するゴールを抜けて。

おまえは

おまえはぼくの死だった――
おまえをぼくはひきとめておくことができた、
ぼくからすべてが脱落したときも。

Du warst

アイルランド風に

Irisch

あなたの眠りにたどりつく穀物階段をこえていく道の
通行権をぼくにあたえよ、
眠りのこみちをこえていく
通行権を、
心の斜面で
泥炭を掘る権利を、
明日。

時がきた

時がきた——

脳の鎌が、きらめきながら、
空をわたりあるく、
胆汁質の天体をぞろりひきつれて、
反磁気が、支配する者が、
なりわたる。

Es ist gekommen die Zeit

力、暴力

Mächte, Gewalten

力、暴力。

その背後の竹やぶのなかで——
吠える癩《レプラ》、交響楽のように。
贈物にされたヴィンセント・ヴァン・ゴッホの
耳が、
到着する。

迫る光　*Lichtzwang*

かつて

かつて、死に人が群れていたころ、
あなたは身をひそませた、わたしのなかに。

Einmal

ブランクーシ宅に、ふたりで

Bei Brancusi, zu zweit

ここの、すぐかたわらの、
この老人の松葉杖のそばの、
この石たちのひとつに
その石をだまらせているものを
語らせたら——
その沈黙は傷口となって、ひらくでしょう、
あなたはそのなかへ
ひとりさびしく、
わたしの、すでにともに
切りとられた白い叫び声からも遠く、
沈みこんでいかれるでしょう。

さえぎられて

Angerempelt

狂気への道すがら、ひとりの
瘡《かさ》と痂《かさぶた》　痂《かさぶた》と瘡《かさ》
と唱えるものにさえぎられて。
眠りの跳躍をとげること、おお、いつの日か。

あなたが

Wie du

あなたがわたしのなかで死に絶えるとき——
ちぎられる
最後の息の結び目のなかに
なおもあなたは
隠れこむ、
一片の
いのちとともに。

祈りの手を断ちきれ

Schneid die Gebetshand

祈りの手を
宙から
目の
鋏で
断ちきれ、
その手の指を
おまえのくちづけで
切りとれ——

組みあわされたままのものがいま、
息を奪うようにすすんでいく。

狂気への道をたどる者の眼

Wahngänger-Augen

狂気への道をたどる者の眼——そのなかに
他の眼差しはすべて流れこむ。

後にも先にも一度だけ
潮が
満ちる。

やがてこの眼は
あの者たちが
こころならずも乗り移らねばならなかった
岩を輝かせて
死にいたらしめるだろう。

あらかじめはたらきかけることをやめよ

Wirk nicht voraus

あらかじめはたらきかけることをやめよ、
さきぶれを送ることをやめよ、
そのなかにただくるみこまれて
立っていよ——

空無に根こそぎにされて、
すべての
祈りからもときはなたれて、
さきだって書かれていくさだめの文字のままに
しなやかに、
追いこすこともかなわぬまま、

ぼくはあなたを抱きとめる、
すべての
安息のかわりに。

雪の区域《パート》

Schneepart

落石

甲虫たちの背後への落石。
そのときぼくは見た、嘘をつかぬ一匹が
みずからの絶望に立ちかえり立ちつくすのを。
おまえの孤独の嵐のように、
この一匹にも、はるか
かなたを歩む静けさがめぐまれる。

Steinschlag

ツェラン／ジゼル詩画集『息の結晶』1965年より

Ⅱ　詩論

*講演

ハンザ自由都市ブレーメン文学賞受賞の際の挨拶

（一九五八年）

思う《デンケン》と感謝する《ダンケン》は、ドイツ語では同じ語源を持つものです。その意味を追跡する者は、《想う《ゲデンケン》》《記憶している《アイン・ゲデンク・ザイン》》《記念《アンデンケン》》《祈念《アンダハト》》などの意味領域に入っていくことになります。このような圏内からみなさまに感謝申しあげることをお許し下さい。

わたしがそこから——何という回り道をとって！　しかし、回り道などというものがそもそもあるものでしょうか？——出てきた土地、わたしがそこから出てみなさまのもとにやって来た土地は、ほとんどのみなさまがたには未知の土地であるかもしれません。そこは、マルティン・ブーバーがわたしたちみなにドイツ語で再話したあのハシディズムの物語の少なからざる部分が生まれた土地です。そこは、もしわたしがこの地誌的スケッチをもう少し補っても構わなければ——人間と書物とが生きていた地域です。この、いまでは歴史性を失ってしまった、かつてはハプスブルク王国の一地方であったこの土地で、ルードルフ・アレクサンダー・シュレーダーの名が、ルードルフ・ボルヒャルトの詩『柘榴《ざくろ》を添えた頌歌』を読んでいたときにはじめて、わたしのもとに届きました。

この土地で、ブレーメン市もまたわたしにとって輪郭あるものとなりました——ブレーメンからの出版物のかたちをとって。

しかし、書物や、書物を書いたり出版したりする人びとの名によって身近になったそのブレーメンも、手の届かない所という印象を帯びていました。

手の届く所、遠くにあるが手が届きそうな所は、ウィーンでした。しかし、この手の届きそうな所がその後何年間もどういう状態にあったかを、みなさまはご存知です。もろもろの喪失のなかで、ただ「言葉」だけが、手に届くもの、身近なもの、失われていないものとして残りました。

それ、言葉だけが、失われていないものとして残りました。そうです、すべての出来事にもかかわらず。しかしその言葉にしても、みずからのあてどなさの中を、おそるべき沈黙の中を、死をもたらす弁舌の千もの闇の中を来なければなりませんでした。言葉はこれらをくぐり抜けて来て、しかも、起こったことに対しては一言も発することができないのでした、——しかし言葉はこれらの出来事の中を抜けて来たのです。抜けて来て、ふたたび明るい所に出ることができました——すべての出来事に「豊かにされて」。

それらの年月、そしてそれからあとも、わたしはこの言葉によって詩を書くことを試みました——語るために、自分を方向づけるために、自分の居場所を知り、自分がどこへ向かうのかを知るために。自分に現実を設けるために。

これは、分かっていただけると思います、出来事、試み、どこかへ行く道の途上にあること、でした。これは、方向を得ようとする試みでした。そして、その意味を問われるなら、その問の中には時計の針の動く方向についての問も含まれると答えざるを得ない気がします。

というのも、詩は無時間のものではないからです。詩はたしかに永遠性を必要とします、しかし、詩はその永遠性に時間を通り抜けて達しようとします。時間を通り抜けてであって、時をとびこえてではありません。

詩は言葉の一形態であり、その本質上対話的なものである以上、いつの日にかはどこかの岸辺に——おそらくは心の岸辺に——流れつくという（かならずしもいつも期待にみちてはいない）信念の下に投げこまれる投壜通信のようなものかもしれません。詩は、このような意味でも、途上にあるものです——何かをめざすものです。

何をめざすのでしょう？　何かひらかれているもの、獲得可能なもの、おそらくは語りかけることのできる「あなた」、語りかけることのできる現実をめざしているのです。

そのような現実こそが詩の関心事、とわたしは思います。

そしてまた、このような考えかたは、わたし自身ばかりでなくもっと若い世代の詩人たちの努力にも付添っている考えかたではないかと思います。この努力とは、人間のこしらえものでしかない天の星々を頭上に頂いて、したがってこれまでに予想だにされなかった意味での無天幕《テント》状態の下を、つまり身の毛のよだつばかりの大空の下を、現実に傷つきつつ現実を求めながら、みずからの存在とともに言葉へ赴く者の努力のことです。

子午線　ゲオルク・ビューヒナー賞受賞の際の講演　（一九六一年）

みなさま！

芸術《クンスト》、それは、みなさまもご記憶のことでしょう、操り人形のようなもの、五脚のヤンブス（弱強格）のようなもの、そして――芸術のこの特性はピグマリオンと、彼がつくる人形を引き合いに出すことによって神話的にも裏づけられるのですが――子供をなさぬ性質のものです〔ビューヒナー作『ダントンの死』第2幕参照〕。

このような形姿のものとしての芸術が、ある部屋、というのですから、それはつまり革命裁判所牢獄ではないのですが、そこで取りかわされる会話の種となります。この会話は、もしそこに割って入るものがなければ、綿々といつまでも続いただろうと思われるものです。

割って入るものがあります。

芸術が再度舞い戻ります。それは、ゲオルク・ビューヒナーの別の作品のなかに、つまり『ヴォイツェク』のなかに、別の、無名の人びとのなかに、しかも——モーリッツ・ハイマン〔ドイツの文芸評論家、一八六八—一九二五〕が『ダントンの死』を念頭に置いて言った言葉を流用することが許されるならば——「さらにほのじろい稲妻」に照らされて舞い戻ります。前回同様の芸術が、このまったく時代を異にするドラマのなかにも、呼びこみ屋の声に触れられつつ、もはや前回の会話でのように「もえさかり」「どよもし」「かがやきわたる」創造の力と対比されることはないにしても、それでも「みじめな被造物」と、このみじめな被造物が「そなえる」「くだらなさ」とは対置されて、再度観客にお目見えします——つまり芸術はこの作品では猿の姿をとって現われるのです。しかも、それも同じ芸術であることには変わりがなく、そのことをわたしたちは「上着とズボン」によってただちに見てとったのでした〔『ヴォイツェク』第4場参照〕。

それ——芸術《クンスト》——は、また、ビューヒナーの三番目の作品『レオンスとレーナ』とも共にわたしたちのもとへやってきます。時代とか稲光とかをここに再認することはできません。というのも、わたしたちはなにしろ「楽園への逃亡の途上」にあり、「時計とかカレンダーとか」は「すべて」いずれは「叩きこわされる」か「禁止になる」運命なのですから。しかも、そのしばらく前、「異なる性の二人の人物」が連れだされ、つまり「世にも名だたる二個の自動機械がいま到着」し、するとまた別の、「この双方からすれば第三の、さらにへんちきりんな自動機械」と自称する人物がわたしたちに向かって「がらがら声で」、わたしたちがいままのあたりにしているものに目を見張るように呼びかけるのです――「ただの芸術にして機械仕掛け、ただのボール紙の被《おお》いにしてゼンマイ仕掛け！」〔『レオンスとレーナ』第3幕参照〕。

つまりここでは芸術は、これまで以上に仰々しい伴奏つきで登場します。しかし、すぐに目につくことですが、それはこれまでと同類なのです、同じあの芸術、わたしたちがこれまでに知っているあの芸術なのです。――ヴァレーリオ、それはあの呼びこみ屋の別名にすぎません。

芸術、みなさま、芸術もまた、それに付随するもろもろの事ともども、一つの問題です。しかも、容易に見てとれるとおり、一つの変幻自在な、いつまでもしたたかに生きのびる、いうなれば永遠の問題です。

死を待つ身の上のカミーユと、その死からのみ理解さるべきダントンに言葉につぐ言葉を並べたてさせた問題。芸術についてならいくらでも話すことがあります。

しかしながら、芸術が話題になっているとき、その場にいあわせながら、しかも……かならずしもそれにちゃんと耳をかたむけていないといった人物が、いつも必ずいるものです。

もっと正確にいうならば——聞いてもい、耳をすましてもい、見まもってもいるのだが、それでも……何が話題になっているのか分からないでいるといった人物が。しかもその人物は、話し手が話すのを聞いており、話し手が「話すのを見て」おり、言葉とか姿とかを感じとってもいるのです。同時にまた——このような作品の圏内にあって誰にそれを疑えましょう？——息をも、つまり方向や運命をも。

その人物は、もうみなさまはとっくにご存知です、引用されることの多い、偶然からばかりではなしに引用されることの多いこの人物は——彼女は、年があらたまりビューヒナーが回顧されるたびに、みなさまのもとへやってまいります、それは——リュシールです。

会話のなかに割って入ったものは、あくまでも情容赦のない措置に出ます、わたしたちといっしょに革命広場にまで到達します、「馬車が数台乗りつけられ、とまります」。

乗り込んでいたものらがいま、全員到着します、ダントンが、カミーユが、そのほかのものらが。彼らはみな、ここでも、言葉を、たくみな言葉を、あやつります。さまざまにしゃれのめしてみせ、その話題はといえば——ビューヒナーはこの箇所では、時折り史実から引用するだけですんでいますが——全員いっしょに死んでいく、いくことで、ファーブルなどは「二度」死ねたらとまで言って、各人高い台上にのぼります、——すると、いくつかの声ばかりが、「いくつかの」――名もない――「声」ばかりが、こんなことは「もう前にもあったことで退屈だ」と言います。

　こうしてすべてが終局を迎えるこの場面で、カミーユが――いいえカミーユではありません、カミーユ自身がではありません、馬車にいっしょに乗って来た一人がです、――というのもカミーユはいま演劇的に――ヤンブス的にと言いたいほどです――一つの死を――それがカミーユの死であることをわたしたちはそれから二場面後、カミーユをとりまくパセティックな雰囲気や断定口調が「人形」や「あやつり糸」の勝利を確定づけたときはじめて、一つの彼には無縁な――しかしとても近《ちか》しい――言葉から感じとるのですが、――一つの死を長い時間かけて死んでいくのですから、そのときリュシールが、芸術には無関係であるリュシールが、言葉というものが何か個人的なもの、身をもって感じとるものを意味してしまうリュシールが、そこにもう一度あらわれて、彼女の突然の「フランス国王万歳！」を叫ぶのです。

　高い壇（それは血の処刑台です）の上で語られた言葉のあとにしては――これはなんという言葉でしょう！

　これはあらがう言葉、「あやつり糸」を断ち切る言葉、もはや「歴史の角々に立つ番兵や儀仗馬」（『ビューヒナーの手紙』参照、一八三四年三月一〇日ごろ付け、婚約者宛）に身を屈しない言葉、自由の行為、足を一歩ふみだす行為です。

いかにもこれは――しかもこのことは、わたしがいま、つまり今日、あえて申しあげようとしていることと考え合わせますと、決して単なる偶然とは思われません。――ちょっと聞きには何か「旧体制《アンシャン・レジーム》」への信条告白でもあるかのように聞こえます。しかし、ここでは決して――ペーター・クロポトキンやグスタフ・ランダウアーの著書とともに育ったひとりの人間がこのことをことのほか強調するのをお許し下さい――ここでは決して君主制や保守的「昨日」の世界が讃えられているのではありません。ここで忠誠を誓われているのは、人間的なものの存在を証明する不条理なものの偉大さに対して、です。

みなさま、この不条理なものは、これといってはっきりした名をもちません。しかし、わたしは、これこそが……詩であると思うのです。

「――ああ、芸術なんて！」〔『ダントンの死』第2幕参照〕。わたしは、ごらんのとおり、カミーユのこの言葉に拘泥してきました。

ひとはこの言葉を――これは絶対間違いないと思いますが――どのようにも読むことができます、さまざまのアクセントをおいて読むことができます――今日的な鋭音符《アクサンテギュー》をおいて読むことも、歴史的な――あるいはまた文学史的な――重音符《アクサングラーヴ》をおいて読むことも、永遠的な長音符《シルコンフレックス》――をおいて読むこともできます。

わたし自身は——それ以外に選択の余地はありません——鋭音符《アクサンテギュー》をおきます。

芸術は——「ああ、芸術なんて！」——その変幻自在の性格と並んで、神出鬼没の才も持っています。芸術は、ビューヒナーの『レンツ』のなかにも姿をあらわします、この作品のなかでも——特に指摘しておきたいことですが——『ダントンの死』のときと同様、エピソードとして。

「食事中、レンツは気分がよかった。文学の話になった、それは彼の得意の領分だった……」「……つくられたものが生命を持っているという感じは、美醜の判断の上に立つものであり、芸術的な事柄における唯一の基準である……」〔『レンツ』参照〕

わたしはここで二つだけ文章をとりだしてきましたが、重音符《アクサングラーヴ》に対しては気がとがめていますので、次のことだけはすぐにも指摘しておかねばなりません、つまりここに引いた箇所は文学史上とりわけ重要な箇所でもあるのです。この箇所は、前に引用した『ダントンの死』のなかの会話と関連づけて読まれなければなりません。この箇所にこそビューヒナーの美的観念は表現の場を得ているのであり、この箇所からこそ、ひとは、彼の『レンツ』断片を後にして、『演劇おぼえがき』の著者ラインホルト・レンツに、さらにまた彼を、つまり歴史上のレンツをさかのぼって、あのメルシェ〔フランスの劇評家、ドイツの「シュトルム・

ウント・ドラング」に影響を与えた）の、文学史的影響の大きかった「芸術ヲ拡大セヨ」にまで到達するのです。この箇所こそもろもろの展望をひらくものであり、ここには自然主義が、ゲルハルト・ハウプトマンが先取りされており、ここにはまた、ビューヒナー文学の社会的政治的根底が求められ、見出されもするのです。

　みなさま、以上の事柄を申しそえておくことは、わたしの良心をしばらくのあいだにせよ安らかにします。しかしながらそれはまた——それを思うとわたしの良心はまたもや騒ぎ立ちます——わたしがどれほど、芸術に関係があると自分が思っている事柄から離れられないでいるか、を証明してしまっています。

　わたしはこの『レンツ』のなかにもそれを求めます、——それを指摘させていただきたく存じます。

　レンツ、つまりビューヒナーは、「ああ、芸術なんて！」というような、非常に軽蔑的な言葉を「理想主義」や「木製人形」に対して投げつけます。彼はそれらへの対抗物として——このすぐあと「最もとるにたらないものの生」とか、「こきざみなふるえ」とか、「ほのめかし」とか、「微細なほとんどそれと見分けられない表情」とかいった忘れがたい数行が続くのですが——自然なものとか、みじめな生き物とかを持ちだしてきます。そしてこの芸術観を、とある体験に照らして次のようにありありと描きだすのです──「自分は昨日谷に沿って上って行ったが、石の上に二人の娘が座っているのを見た。一人が髪を結い、もう一人がそれを手伝っていた──金色の髪が垂れていた。真摯な蒼白い顔。だがとても若い。それに黒い服装。もう一人は念入りに面倒を見てやっている。最も素晴らしい、最も魂のこもった古代ドイツ派の絵画といえども、このような佇まいのほんのひとかけらをもあらわすことはできまい。このような二人連れを彫刻に変えて人びとに呼びかけるためなら、メドゥーサになってもいいくらいだ」〔『レンツ』参照〕

みなさま、ご注意下さい──「メドゥーサになってもいいくらいだ」、自然なものを自然のままに、芸術によって把握することができるなら……というのです!

……なってもいいくらいだ、はここではもちろん、……なってもいい、ではありません。これは人間的なものからの踏みだし、人間的なものに対峙している無気味な領域への──あの猿の姿や自動機械、そしてあの……ああ、芸術なんて、もまた、住みついているようにみえるあの無気味な領域への──踏みだしです。

こう語っているのは歴史上のレンツではありません。ビューヒナーの描いたレンツです。わたしたちはここでビューヒナーの声を聞いたのです──芸術は、彼にとって、ここでも何か無気味な相貌をおびています。

みなさま、わたしは鋭音符《アクサンテギュー》をおきました、わたしはみなさまに対してもわたし自身に対しても、自分がこの芸術や詩にまつわる問題——問題中の問題——をたずさえてビューヒナーにおもむいた者であることを、みずから求めてとは言わないまでも、自分の意志からそれをたずさえてビューヒナーにおもむいた者であることを、ビューヒナーにとってこの問題が何であったのかを探りあてようとしておもむいたものであることを、隠しだてはしません。

ところで——みなさまがたもご存知です——芸術のことが話題になるたびに、あのヴァレーリオの「ががらがら声」が聞き捨てならないのです。

これはおそらく——ビューヒナーの声がわたしをこの推測にさそうのですが——古くからの、最古からの気味の悪さであるにちがいありません。わたしが今日これほどまで頑迷固陋にこの問題にかかずらわなければならないのは、おそらくは、空気のせい、わたしたちがみな吸わなければならない空気のせいなのです。

ゲオルク・ビューヒナーには——わたしはいまこう問いかけざるをえません——「まじめな生き物」の詩人であるゲオルク・ビューヒナーには、芸術に対するごく低声な、もしかするとごく無意識な、しかしだからといって決して不徹底ではない、いやむしろそれゆえにこそ最も本来的な意味で徹底的《ラディカル》な芸術に対する問いかけが、前に述べたような方向からの芸術に対する問いかけが、存在するのではないでしょうか。つまり今日すべての詩がなお問いかけようとするならば、必ずそこへ立ちもどって行かなければならない問いかけが？　別のいくらか飛躍的な言葉でいうなら——わたしたちは、今日多くの場所で行なわれているように、芸術に対して、それがあたかもあらかじめ与えられたもの、無条件に前提されたものとして、取りかかっていいものでしょうか。わたしたちは、はっきりと具体的に言うならば、とりわけマラルメを——と申しましょう——最後まで徹底的に考えなくてもよいものでしょうか。

わたしは先まわりしすぎました、先を急ぎすぎました——と言ってもまだ十分でないことも心得ていますが——、ここでビューヒナーの『レンツ』に戻ります。あの——エピソード的な——対話の部分へ、レンツが終始「気分がよかった」あの「食卓での」対話の部分へ。

レンツは長いあいだ話しつづけていました、「微笑を浮かべたり、真摯な顔になったりしながら」。こうしていま、この対話が終わったとき、彼、つまり芸術《クンスト》の問題に没頭している人間、同時に芸術家でもある人間、レンツについて、こう言われます——「彼はまったくわれを忘れていた」

わたしはこの部分を読みながら——「彼」、つまりレンツが、と書かれてあるのを読みながら——リュシールのことを思い浮かべてしまいます。

芸術をまのあたりにし、念頭にしている者は——わたしはいまレンツの物語のことを言っています——われを忘れています。芸術は自己から＝遠のくことをつくりだします。芸術はこうして、ある一定方向への一定の距離、一定の道のり、を要求します。

そうして、詩は、芸術の道のりを進まなければならない詩はどうなのでしょう？　メドゥーサの首や自動機械への道のりはここにもまさしくあったはずなのです。

わたしはいま逃げ道を求めますまい、この方向への、そしてこれは『レンツ』断片とともに与えられている方向だとも思うのですが、ただこの方向への問いかけだけをつづけましょう。

ことによると——わたしはただ問いかけます——ことによると詩もまた芸術同様、われを忘れた「わたし」とともに、この気味の悪いもの、この疎ましいもののもとまで行ってそこで自身を——と言ってもそこはどこなのでしょう？　そこはどんな場所なのでしょう？　誰とともにというのでしょう？　何になりかわってというのでしょう？——そこで自身をふたたび解放するのではないでしょうか？

とすれば芸術は詩が後にした道のりであり——それ以上のものでもそれ以下のものでもないはずです。

ほかにもいろいろの道のりが、もっと短い道のりがあることをわたしは知っています。

しかし、詩がわたしたちに先だって進むということもあるのです。詩、ソレモマタワレラノ宿駅ニ停マルコトナク通過スルコトアリです。

わたしはわれを忘れている人間を、芸術に没頭している人間を、芸術家を、後に残すことにします。わたしはあのリュシールにおいて詩に出会ったような気がしたのでした。リュシールは言葉を姿、方向、息として感じとります。わたしはビューヒナーの『レンツ』においても、それと同じものを求めます、わたしは生身のレンツを求めます。彼を、人間としての彼を求めます。詩の場所のために、解放のために、足を一歩踏みだす行為のために——彼の姿を求めます。

ビューヒナーの手になるレンツは、みなさま、一つの断片にとどまりました。わたしたちは、その実人生がどのような方向をとったのかを知るために、歴史的なレンツを探すべきではないでしょうか？

「彼にとって生はどうにもならない重荷だった。——こうして彼はただ生きのびていった……」

物語はここで途切れています。

けれども詩は——リュシールがそうだったように——姿をその方向において見るもの

です、詩は先立って進んでいきます。わたしたちはレンツが何にむけて生きていったのか、どのようにしてただ生きのびていったのか、を知るのです。
「死が」――と、ヤーコプ・ミヒャエル・ラインホルト・レンツに関する一九〇九年ライプチヒで出版された書物（これはモスクワのM・N・ロザノフという私講師が著わしたものです）に読みとることができます――「死があたかも救済者のごとく彼を見舞ったのはそれからさほど時間が経たないうちだった。一七九二年五月二十四日未明、レンツは、モスクワのとある路上ですでにこときれて倒れているのを発見された。その亡骸は、ある貴族の出費によって埋葬された。彼の最後の憩いの場がどこにあるのかは、いまもって分かっていない」

　このような方向へ彼はただ生きのびていったのです。

　彼、ビューヒナーが描きだした真のレンツ、ビューヒナーが描きだした一つの姿、わたしたちが物語『レンツ』の冒頭第一ページから身近に感じることのできたこの人物、「睦《む》月《つき》廿日に山中を行った」レンツ、彼――芸術家でも芸術の問題にかかずらわっている人間でもない彼、ひとりの「わたし」としての彼は。

　わたしたちは今もしかして、あの疎ましいものの住んでいた場所、ひとりの人物がみずからを一つの――疎ましいものとされる――「わたし」へ解放することのできた場所を見出すのではないでしょうか？　そのような場所、足を一歩踏みだすそのような行為を、わたしたちはいま見出すのではないでしょうか？

「逆立ちして歩けないことだけが、彼にはときおり不快だった」〔『レンツ』参照〕――これこそがまさしく彼、レンツです。これこそが彼、彼の、足を一歩踏みださせた行為、彼、彼の「フランス国王万歳」であると思います。

「逆立ちして歩けないことだけが、彼には時として不快だった」

逆立ちして歩くものは、みなさま――逆立ちして歩くものは、足下に空を深淵として持ちます。

みなさま、詩の晦渋さを非難することが、今日《こんにち》一般的になっています。しかしながらいまこの場所で出しぬけではありますが――とはいえ、いまこの場所でにわかに何かしらがひらけたのではないでしょうか？――パスカルのある文句を引くことをお許し下さい。しばらくまえ、レオ・シェストフのある著書で読んだものです――「明快サノ欠如ヲワタシタチガ公言スルカラトイッテ、ソレヲ非難シナイデクレ！」これこそが元来のとまではいわぬまでも、詩につきものの、一つの出会いのために必要な――おそらく詩自身が投企した――遠くのもの、疎ましいものに由来する晦渋さなのです。

しかし、もしかするとこの同じ一つの方向に二種類の疎ましいものが——ぴったりとよりそって——並びあっているかもしれません。

レンツ——つまりビューヒナー——は——こうした点でリュシールより足をさらに一歩踏みだしています。レンツにおける「フランス国王万歳」は、もはやいかなる言葉でもありません、それは一つのおそろしい沈黙であり、レンツの——と同時にわたしたちの——息と言葉をつまらせるものです。

詩——それは息のめぐらしを意味するものであるかもしれません。詩はもしかするとその道のりを——芸術《クンスト》の道のりでもある道のりを——このような息のめぐらしのために進むのではないでしょうか？　もしかすると詩は、疎ましいもの、つまり奈落ならびにメドゥーサの首、深淵ならびに自動機械が、まったく同じ方向に並ぶように思われるところ——まさしくそこで、疎ましいものから疎ましいものを区別することに成功するのではないでしょうか。もしかするとまさしくそこで、メドゥーサの首はたじろぎすくみ、自動機械は停止してしまうのではないでしょうか——一度しかないこの短い瞬間に？　もしかするとそこで、一つの「わたし」とともに——そこでそのようにして解き放たれ疎ましいものとなった「わたし」とともに——もう一つの「別のもの」が、自由の身の上となるのではないでしょうか？

もしかすると詩は、このときから、自己自身となり……こうしてこの芸術のない、芸術から解放されたありかたで、これまでとは別の道のり、しかもやはり芸術の道のりではある道のりを、進んでいくのではないでしょうか——一筋に？

もしかすると、どのような詩にもその「睦月廿日《むつき》」が書きこまれてある、といえるのではないでしょうか？　もしかすると、今日書かれている詩の新しさは、まさしくこの点に——つまり、そこにおいてこそもっとも明確にそのような日付が記憶されつづけるべく試みられている、という点にあるのではないでしょうか？

わたしたちはみな、このような日付から書き起こしているのではないでしょうか？そして、どのような日付をわたしたちはわたしたちのものだと言うのでしょうか？

とはいっても詩はなんとしても語るものです！　詩はみずからの日付を記憶しつづける、しかも——語るものです。たしかに詩は、いつも自分自身の、ひたすら自分自身の事柄においてのみ語るものです。

しかしわたしは——そしてこの考えは今やほとんどみなさまを驚かすことはあるまいと思います——わたしは、まさしくこのようなありかたをとりながらも疎ましい——いや、この言葉をわたしは今もう使うことはできません——、まさしくこのありかたをとりつつも別のものの事柄において語ること、それが古来、詩の願望に属していたと思います、――まったく別のものの事柄において語ること、であったかもしれません、誰にそれが分かりましょう?

いま口の端にのぼったこの「誰にそれが分かりましょう」という言葉、それこそがわたしが今日ここで自分の立場から、古くからの詩の願いにつけくわえることのできる唯一のものです。

もしかすると――こうわたしは自分に向かって言わざるをえません、――もしかすると、この「まったく別のもの」と――わたしはここで至極ありふれた代名詞をつかいます――それと、そこからそれほど遠い所にいるのではない、むしろごくまぢかにいる「別のもの」との出会いは考えられるのではないでしょうか? それはなんとしても考えられるのではないでしょうか?

詩はそのような考えにたゆたったり、そのそばで鼻をひくつかせたり――みじめな生き物に関連づけられる言葉です――するものです。

このような息の休止――鼻をひくつかせたり、物想いにふけったりすること――がまだどれほど続くか、誰にも言うことができません。いつもきまって「外に」あった「急速なもの」は速度を増しました、――詩はそれを知っています、――知っていながらもあの「別のもの」、到達可能であり、解放されるべきであり、もしかするとぼんやりとリュシール同様に――と言いましょう――放心しているのかもしれない、それでもやっぱり彼の方に、詩の方に、まなざしを向けていると考えられる「別のもの」にせまろうとひたすらにめざしつづけるのです。

たしかに詩は――今日の詩は――決してないがしろにできない語彙選択の困難さ、統辞法《シンタックス》のますます急になる勾配、さらには省略法へのますますめざましい感覚とどうしても直接の関係をもってしまうと思われるのですが――詩は、まぎれようもなく、沈黙へのつよい傾斜をしめしています。

詩は――あれこれの極端な定式化のすえにさらにもう一つ定式化することをお許し下さい――詩は、おのれみずからのぎりぎりの限界において自己主張するものです、――それは、みずからの「もはやない」からみずからの「まだある」の中になおも存続しうるために、みずからを呼びもどし連れもどすものです。

この「なおまだ」はただ一つの語りかけであるかもしれません。つまり、単なる言葉ではなく、ましてやおそらく言葉からの「語呂あわせ」などではないのです。

そうではなくて、現実のものとなった言葉、ラディカルではあっても同時にまた言葉によって画される境界や言葉によってひらかれる可能性を記憶しつづけるところの個人的なしるしを帯びた、解き放たれた言葉なのです。

詩の「なおまだ」は、自分がみずからの存在の傾斜角のもとで、みじめな生き物としてのみずからの存在の傾斜角のもとで語っていることを忘れない人間の詩の中にのみ見出されるものかもしれません。

とすれば詩は——これまでよりさらに明確に——ひとりびとりの人間の、姿をとった言葉であり、——そのひたすらに内面的な本質からいって、現在であり現前であるのです。詩はひとりぼっちなものです。詩はひとりぼっちなものであり、道の途上にあります。詩を書くものは詩につきそって行きます。

しかし詩はまさしくそれゆえに、つまりこの点においてすでに、出会いの中に置かれているのではないでしょうか？——出会いの神秘のうちに。

詩は「別のもの」へおもむこうとします、詩はこの別のものを必要とします、詩は一人の相手を必要とします。詩はこの相手をたずねあて、この相手に語りかけます。

どんな書物、どんな人間も、「別のもの」をめざす詩にとっては、この「別のもの」の姿です。

詩がおのれに出会うすべてのものに対してはらおうとする心づかいは、つまり細部とか輪郭とか構造とか色彩とか、さらには「こきざみなふるえ」とか「ほのめかし」とかに対する詩のひときわ鋭敏な感覚は、思うに、日々その完璧さの度合いを加えていく機器類と覇をきそう（あるいは鎬《しのぎ》をけずる）眼力の成果ではなくて、むしろわたしたちすべての日付を記憶しつづける集中力なのです。

「心づかい」――ここにヴァルター・ベンヤミンのカフカ論からマールブランシュの言葉を引くことをお許し下さい――「心づかいとは魂のおのずからなる祈りである」

詩は――なんという条件のもとにおいてでしょう！――一人の――なおまだ――感じとっているものの、あらわれでるものに眼差しを向けているものの、あらわれでるものに問いかけ語りかけているものの詩となります――対話となります――それはしばしば絶望的な対話です。

この対話の空間の中で、はじめて、語りかけられるものがかたちづくられます、語りかけられるものが、語りかけ名ざす「わたし」のまわりに集まってきます。しかもこの語りかけられたもの、名ざされることによっていわば「あなた」となったものは、この現前の中へおのれの別のありようをも持ちこむのです。詩の「ここ」と「いま」においてなお――たしかに詩自身はつねにこのただ一つの、一度かぎりの、そのたびごとの現前しかもたないのですが――このような直接性と身近さの中においてなお、このものはみずからの、つまりわたしたちにとっては「別のもの」の、ひたすら固有なるものをともに語らしめます――すなわちその時間を。

このようにして、わたしたちが物事たちについて語るとき、わたしたちはつねにそのものたちの「どこから」と「どこへ」をも問いかけているわけです——これは、「未解決にとどまる」「決して終わることのない」問いかけ、そして、ひらかれたもの、うつろなもの、ひろびろとしたものを指向する問いかけです——わたしたちははるか外へ出てしまっています。

詩もまた、この場所を求めるのだ、と思います。


詩も？

心像《イメージ》や比喩《トローペ》をともなう詩も？


みなさま、わたしはこのような方向から、このような方向へ、このような言葉によって詩について、いや、詩というものについて、語りながら、そもそも何について語っているのでしょうか？

そうなのです、わたしは存在しない詩について語っているのです！

絶対詩——そのとおりです、そのようなものはたしかに存在しません、そのようなものは存在しえません！

しかしおそらく、どのような実際の詩にも、どのように要求の少ない詩にも、このようなしりぞけがたい問いかけ、このような法外な要求はまつわっているのでしょう。

となると、心像《イメージ》とは何なのでしょう？

一度だけの、いつもそのたびただ一度だけの、しかもいまとここにおいてだけ感じとられるもの、感じとられるだろうもの。したがって、詩とは、あらゆる比喩《トローペ》やメタファーが不条理《アト・アプズルドウム》に運用される場所であるのでしょう。

場所《トポス》の探索？

そうです！　しかも探しあてられるべき場所の光に照らされての――どこにもない《ユー》＝場所《トピア》の光に照らされての！

では、人間は？　みじめな生きものは？

このような光に照らされての。

なんという問いかけ！　なんという要求でしょう！

引き返すべきときです。

みなさま、わたしは最後の地点にいます――ふたたび最初の地点にいます。

芸術ヲ拡大セヨ！　この問題が昔ながらの無気味さやあらたなる無気味さをともなってわたしたちに近づいてきます。わたしはこの問題を携えてビューヒナーへおもむいたのでした。そこでならもう一度この問題を検討することができるように思ったのです。

　わたしは一つの答えを、「リュシール的な」あらがう言葉を提出することさえできました、わたしは何物かでむくいたい、わたしなりの抗言でこたえたいと願ったのでした――

　芸術を拡大する？

　いや、そうではありません。そうではなくて、芸術とともにひたすらおまえ自身に固有のせまさのなかへ入れ、そしておまえ自身を解放せよ、です。

　わたしは、ここ、みなさまの面前においても、この道をたどりました。その道は円環をなしていました。

　芸術、つまりメドゥーサの首でもあれば、機械仕掛けでもあれば、自動機械でもあるもの、無気味で容易に見きわめのつかないもの、結局のところ一つの疎ましいものにすぎないのかもしれないもの、その芸術は生きつづけます。

　二度にわたって、つまりリュシールが「フランス国王万歳」を叫んだときと、レンツの足下で空が深淵となってひらけたとき、息のめぐらしはあったように思われます。そしてまたおそらく、わたしがあの遠ざかっているもの、手に入れることができるかもしれないものに迫ろうとこころみ、そしてそれが最後にはやはりただあのリュシールの姿でだけありありとしてきたときも。そしてあるときはまた、わたしたちは事物やみじめな生き物たちに対してはらわれる心づかいから出発して、ひらかれたものやひろびろとしたもののごく間近にまで到達したものでした。そして最後にはどこにもない場所の間近まで。

詩、みなさま、——死すべき運命やむなしさなどについての、このはてしないおしゃべり!

みなさま、わたしがこうしてふたたび最初の地点に帰りついたいま、もう一度、別の方向からとりいそぎわたし自身のことを問題にすることをお許し下さい。

みなさま、わたしは数年前、次のような短い四行詩を書きました。

「いらくさの道からの声——/来たれ、逆立ちして、われらがもとに。/ランプとともにふたりきりであるもののみが、/ランプから読みとる手を持つ。」

一年前、実現しなかったエンガディンでのある出会いの思い出のために、わたしは小さな物語『山中の対話』を書きました。この物語の中でわたしは、「レンツのような」一人の人物に山中を行かせたのです。

わたしは、このいずれのときも、ある「睦月《むつき》廿日」から、わたしの「睦月廿日」から、書いたのです。

　わたしは……わたし自身に出会いました。


　つまりひとはいつも、詩について思うとき、詩と連れだってこのような道を行くものなのでしょうか？　この道は単なる回り道、「あなた」から「あなた」への回り道にすぎないのでしょうか？　しかも他にも道はあまたありますが、そのなかにも言葉が有声のものとなる道もあるのです。つまり出会いの行なわれる道が、一人のこちらの気配を感じとっている「あなた」へ通じる一つの声の道が、みじめな生き物の道が。それはおそらく存在の投企、自分自身を先立てて自分自身のもとへおもむくこと、自分自身を求めること……一種の帰郷です。


　みなさま、わたしは結末に近づきました——わたしは自分が付した鋭音符《アクサンテギュー》とともに、『レオンスとレーナ』の結末に近づきました。

　そしてここで、この作品の最後の二つの言葉のそばまできてわたしは注意しなければなりません。

　わたしは注意しなければなりません——八十一年前フランクフルト・アム・マインの

ザウアーレンダー書店から出版された『ゲオルク・ビューヒナーの全作品ならびに遺稿の初版校訂全集』の編纂者カール・エーミル・フランツォースがそうしたように、わたしがここでめぐりあったわたしの同郷者カール・エーミル・フランツォースがそうしたように、作品最後の、現在行なわれている「ここちよい Commode 宗教」を「来たるべき Kommende 宗教」と読みちがえたりなどしないように！

しかしながら、『レオンスとレーナ』のなかにはまさしくこのような、目に見えなくとも言葉たちにほほえみかけている引用符たち、いわゆる「鵞鳥《がちょう》の足」というより「兎の耳」とでも言った方が適切な、つまり、どことなくおどおどと自分の周囲で話される言葉に耳をすませている注意深い引用符たちがいるのではないでしょうか？

ここから——つまり作品の最後のこの「ここちよい Commode」という言葉から——出発して、同時にユートピアの光にも照らされつつわたしは——いま——場所の探索にとりかかることにします。

わたしはここでいま、ここまで来る途中ゲオルク・ビューヒナーのもとでわたしが出会ったふたりの人物、ラインホルト・レンツとカール・エーミル・フランツォースの出てきた土地を探すことにします。わたしはさらにまた、自分が最初の地点に立ちもどったいま、わたし自身の出生の地も探すことにします。

わたしはこれらの場所を、せわしないおぼつかない指先で、地図の上に探します——ただちに白状しておかねばなりませんが、これは学童用の地図帳です。場所はどこにも見つかりません、地図の上にこれらの場所は見あたらないのです。しかしわたしは、それらがとりわけいま、どこに存在するだろうかを知っています。そして……わたしは見つけます、何ものかを！

みなさま、わたしは見つけます、わたしがみなさまの面前でこのありえない道を、このありえないものの道を進んできたことへのいささかの慰めともなりうる何ものかを。わたしは見つけます、むすびつけるもの、詩のように出会いへとみちびくものを。わたしは見つけます、なにか——言葉のように——非物質的に、しかも地上的なもの、現実的なもの、円環をなすもの、両極をこえておのれ自身に立ちもどるもの、しかも——愉快なことに——熱帯地方をもよぎっているものを。わたしは見つけます……子午線を。

わたしはいま、みなさまならびにゲオルク・ビューヒナー、そしてヘッセン州とともに、この子午線にふたたび触れたように思います。

みなさま、わたしは今日、非常に高い栄誉にあずからせていただきました。人柄や作品がわたしにとって出会いを意味する過去の受賞者のかたがたと並んで自分がこのゲオルク・ビューヒナーを記念する賞の受賞者となったことを、わたしは自分の胸に銘記したいと思います。

この受賞に対して心から感謝申しあげます。この瞬間とこの出会いに対して心から感謝申しあげます。

ヘッセン州に対して感謝申しあげます。ダルムシュタット市に対して感謝申しあげます。言語と文学のためのドイツ・アカデミーに対して感謝申しあげます。

言語と文学のためのドイツ・アカデミー会長様に、親愛なるヘルマン・カザックさん、あなたに感謝申しあげます。

親愛なるルイーゼ・カシュニッツさん、あなたに感謝申しあげます。

みなさま、ここにご臨席下さったことを感謝申しあげます。

ダルムシュタット、一九六〇年十月二十二日

ヘブライ文芸家協会での挨拶

（一九七〇年）

わたしはここイスラエルのみなさまのもとにやって来ました。それが必要であったためです。

わたしはあれこれと見聞を終えたあとで、これまでになかったほどの思いで、自分が正しいことをしたという感慨にひたっています――この正しいことが自分のためばかりではなかったことを期待します。

わたしはユダヤ的孤独さとは何なのか、それが分かったような気がします。そして、他の多くの事どもの中でもなかんずく、ここにやってくるすべての人に憩いを与える、みなさま自身の手で植えられた緑に対する感謝の念にみちた誇りを理解します。自分に心を向ける者に駆け寄ってきてその者を――力づけてくれる、新たに獲得された、身をもって感じとられた、実現された言葉一つ一つに対する喜びがどれほど大きなものであるかを理解します。わたしはそれを、自己疎外や大衆化がいたるところにはびこるこの時世にあって、理解します。わたしはここイスラエルの外的ならびに内的風景の中に、数かずの抗し難い真実、自己明証性、そして偉大なるポエジーの世界に対してひらかれた一回性を見出します。わたしは人間的なものを貫き通そうとする落ち着きのある、確信にみちた信念と対話を交わした気がします。

わたしはこれらすべてのことに感謝します、みなさまに感謝します。

テル・アビブ、一九六九年十月十四日

＊散文

エドガー・ジュネと夢のまた夢

（一九四八年）

あまたのことが黙されたまま、あまたのことが起こる深海で耳にしたいくつかの言葉をぼくに語れという。

ぼくは現実の壁《ヴエンデ》あるいは異議《アインヴエンデ》に突破口をひらいて、海面の前に立ったのだった。この海面が裂け、その内部の世界の大きな水晶体の中に踏みこむことができるまでには、しばらくの間、待たねばならなかった。やがてぼくは、大空の下方の、慰められることのなかった探検家たちの大きな星を見上げながら、エドガー・ジュネにつき従ってかれの絵の奥へ入って行った。

さて、行手に苦渋にみちた旅路があることは知れていたものの、ただ一人、だれに案内されることもなく、道の一つに足を踏みいれる段になって、ぼくははたと困惑してしまった。道の一つに足を踏みいれる！　道は無数だった。一つ一つの道が足を踏みいれるようぼくを誘っていた。一つ一つの道が、存在のより深い裏面にある美しい荒地を眺めるための、それぞれに異なった一対の眼をぼくにさしだしていた。この瞬間ぼくが、なにしろこれまで物を眺めるには、自分のひとりよがりの眼しか持っていなかったので、さてどの眼を選ぼうかとあれこれ戸惑い始めたのは、不思議ではない。ところがぼくの口が、ぼくの眼よりも高いところにあって、眠りのなかから声をあげることが多いためにそれよりも奔放であるぼくの口が、ぼくの先まわりをして前に立って、次のような野次をとばした――

やあ、いつも同じこと《イデンティテート》のくりかえし屋さん！　おまえさんは何を見、何を認識したというのかい？　同義語反復《トートロギー》の大先生！　今回の新しい道のはずれで、何を認識したというのかい、言ってみたまえ！　あいかわらずまだ木であるもの、ほとんどまだ木であるものをだろう？　そこでおまえさんはラテン語をかきあつめて、老リンネに宛てて手紙を書こうというのだろう？　そんなことをするよりむしろ、おまえさんの魂の奥底から眼を一対とりだしてきて、胸の上に置きたまえ――そのほうが、ここで何が起こっているのか、分かるはずだよ！

ところで、ぼくは簡潔な言葉を好む人間である。もちろんぼくは、今回の旅行に出かけるまえ、自分が背後にする世界ではひどいこと、間違ったことが行なわれていることを知っていた。しかもぼくは、もし自分がそれらの事柄を名指しにするなら、それらを根底からゆさぶることができると信じていた。そのような振舞いに出るためには、絶対的な無垢に戻ることが前提となることを、ぼくは知っていた。この無垢をぼくは、過去何世紀にもわたるこの世界の嘘の滓《かす》を洗い落した末の初源的な光景と見なしていた。ここでぼくは、クライストの『人形芝居』に端を発した、ある友人との対話を思いだす。それがまだ存在したことが人類史上最後の、ということは多分また最高の一章のタイトルとなるだろうところのあの初源的な優しさは、どのようにして取り戻すことが可能か。ぼくの友人はこう説いた——最初に存在して、最後のときにもこの人生に意義を与え、それを生きるに価するものたらしめるだろうような、そのような初源的なものを、ぼくらは無意識の精神生活の理性的な純化の道のりを経てふたたびかちとることができる。このような観点に身を置いてみると、最初のときと最後のときが一つに重なり、最初の人類の原罪に対する悲しみのようなものが高鳴りはじめたのだった。友人は言った——今日と明日を分かっている壁は取り壊されなければならない、明日はふたたび昨日となるだろう。では、そのような時間のないもの、永遠のもの、明日でも昨日でもあるものを得るためには、今のぼくらの時代に何がなされるべきか？　理性が支配しなければならない、言葉を、ということは事物や生き物や出来事を、悟性の王水で洗いきよめることによって、それらにふたたび本来の（原始的な）意味を与えなければならない。木はふたたびもとの木に戻らなければならない。百にもあまる戦争で反乱者たちをしばり首にした木の枝は、花咲く木の枝にならなければならない。

ここでぼくからの異議のうちのまず最初のものが名告りをあげた。この異議は、とりもなおさず、一度生起したことは、もともとあったものに何かが付け加わったという以上のもの、もともとあったものに備わっていた多少なりとも分離困難な属性以上のもの、もともとあったものをその本質において変革するもの、たえざる変容の強力な推進者であるという認識だった。

ぼくの友人は頑固だった。自分は、とかれは主張した、人類進歩の流れのなかにも精神生活の不変の定数を見定めることができる、無意識の限界を認識できる、だから、もし理性が深いところに降りたって暗い井戸の水を地上にかい出すことができるなら、すべては片づくはずだ。そのような井戸にしても到達可能な底はもっているのであり、あとはただ、地上に、そのような深みからの水を受けいれる態勢がととのっていさえすれば、そして正義の太陽がなおも照らしていさえすれば、仕事は全部片づくわけだ。しかし、とかれは吐き捨てるように言った、きみや、きみみたいな連中がいつまでも井戸の底にへばりついていて、真暗闇の源泉との対話を続けるとなれば、どうしてこの仕事が成功するはずがあろう?

ぼくはこれを、制度をともなった世界を人類、および人類の精神の牢獄と見なして、この牢獄の壁を打ち破るためにはすべてを試みようとする態度へのぼくの信条告白に対する非難であると見てとった。しかし同時にぼくは、ぼくのこのような世界認識がどのような道をぼくに指し示すかをも知っていた。人間が外的生活の鎖にしばられて呻吟しているばかりでなく、さるぐつわをかまされて話もできない状態になっていることは、ぼくには明らかだった――そしてここで言葉といっているのは、人間のもちあわせる表現手段の全領域のことでもある――なにしろ人間の言語（身振り、動作）は、千年にもわたる捩《ね》じまげられた偽の誠実さの重荷に喘いでいるのだから。何が本当でないといって、この人間の言語がその大本《おおもと》において昔と変わりないというほど本当でないことがあろうか！　というわけでぼくは、大昔から人間存在の最も深い内部で表現を求めてもがいている対象には、すでに燃えつきた意味の灰が取りついているが、弊害はただそればかりではない！　と認識せざるをえなかった。

新しいもの、そしてまた純粋でもあるものは、ではどのようにして生成するのがいいのか。もっとも隔った精神の各領域から、さまざまの言語や形姿、さまざまのイメージや身振りが、夢のようにヴェールをかぶって、夢のようにヴェールをぬいで、やって来ることが願わしいのだった。それらが疾駆のうちに出会い、異なるものが最も異なるものと結婚させられたために世にも不思議な火花が誕生するなら、ぼくはその新たな輝かしさの奥をのぞきこみ、その輝かしさもぼくを不思議そうにのぞきこむだろう。というのも、なにしろそれはぼくが呼びだしたものにはちがいないが、醒めた思考による表象のかなたに住んでいたものだし、その光は白昼の光ではなく、そこにはぼくが再度お目にかかるのではない、はじめて見てとる形姿のものたちが住まっているのだから。そのものらの重さは普通とは別の重さである、そのものらの色は、ぼくの閉じた両の瞼がかたみに贈物にしあった新しい一対の眼に語りかける、ぼくの聴覚は触覚へ移行し、触覚は見ることを学ぶ。ぼくの心臓はぼくの額に住みつき、新たな、停止することのない、自由な運動の法則を知る。ぼくはこれらぼくの移行する感覚にしたがって新たなる精神の世界に入っていき、自由を体験する。自由の身になったこの場所に来て、ぼくはまた、これまでのところ自分が何と手ひどく欺かれていたかを知る。

このようにしてぼくは、深海に分け入る旅路の危険をわが身にひきうけつつエドガー・ジュネの絵の中に入っていくまえの思考の最後の一休止のあいだ、われとわが身に耳をすましていたのだった。

ジュネの絵のうちの一枚は、「一隻の帆船が一つの目を後にする」と題されている。帆船はたった一隻だろうか？　いや、ぼくは二隻をまのあたりにしている。しかし、まだ目の色を帯びている第一の帆船（岩壁寄りの大きな方）は、もうこれ以上進めないだろう。それどころか引き返していることを、ぼくは知る。しかし、この引き返しにしてもきわめて困難に見える――この目の水が急な滝となって流れ落ちている、しかし、こちら下方（あちら上方）では、水は上方にも流れている。第一の帆船は、この白い横顔の急峻な断崖をのぼっていこうとしている、横顔は瞳孔のないこの目以外何も持たず、しかもまさしくそれしか持たないところから、われわれよりも多くのことをなし得、多くのことを知っている。というのも、この女性の横顔、つまり上方を見上げているその口（この口はわれわれの視界にはない斜め上の鏡におのが姿を認め、おのが表情を探り、その表情を正しいと判断している）よりいくらか青い髪をしたこの横顔は、一つの断崖であり、涙の波だつ海でもある内海の入口に置かれた氷の記念碑であるのだから。この面ざしの反対側はどんなものだろう？　ぼくらがまだまのあたりにしているあの土地のように灰色だろうか？　だが、いまは二隻の帆船に立ち戻ろう。第一の帆船は、うつろな、不思議なまなざしの眼窩にかえって行くだろう。もしかすると、裏側への、反対側で灰色を見つめている目への航海をさらに続けるかもしれない。……とするとこの帆船は使者ということになる、だが、それがもたらす知らせはあまりいいものではない。と

エドガー・ジュネ「一隻の帆船が一つの目を後にする」1949年作

ころで、燃える目を、確信の黒い原の上に炎と燃える瞳孔を、帆として持つ第二の帆船は？　ぼくらはこの帆船に眠りつつ乗りこむ——夢見ることがまだ残っているかを探る。

＊＊＊

被造物の数が無限であることを知る者は何人いるだろうか？　その創造者すべてが人間であることを知る者は？　なんならその被造物の数を数えはじめてもいいだろうか？　一輪の花を一人の人間に贈ることを知る者はいく人もいる。しかしはたして何人が、一人の人間を一輪のカーネーションに贈ることもありうることを知っているだろうか？　みんなはどちらをより重要なことと思っているだろうか？　ジュネの第二の絵の題の「北極光の息子」にまつわる物語にしても、それを信じられない者が一人ならずいるだろう。

信じがたいことであるが、今日でもまだ星座「ベレニケの髪」は、もういくひさしく星たちの間に懸って、夫の帰りを待っている。ところでいま、北極光には一人の息子がある、エドガー・ジュネはこの息子を見た最初のひとだった。絶望の雪の森のなかで枷《かせ》をかけられた人間が凍え死んでいる場所を、この背の高い息子は通り過ぎてきた。木々もかれには邪魔でない、それらをまたぎこえ、それらをゆったりとした外套の下に抱えこみさえして、旅の道連れにする。かれともどもこれらの木々も、みんながこの背の高

エドガー・ジュネ「北極光の息子」1948年作 ウィーン、ユダヤ博物館蔵

い兄弟を待ちうけている市《まち》の門のところまで来るだろう。この息子こそが待ちうけられたそのひとであることを、みんなはかれの眼をみて知る。——その眼は、みんながこれまでに見てきたものを、それ以上のものを、見てきたのだった。

エドガー・ジュネがここではじめて形姿をとらせているもの——それはただこの絵の中にだけ住まっているものだろうか？　ぼくらにしても同様、過去の現実の悪夢をこれまでにもましてよく知りたいと願わなかったろうか。人間の悲鳴を、ぼくら自身の悲鳴を、これまでにもまして大きく、甲高く、聞きたいと願わなかったろうか？　ほうら、この絵の下方の海面はみんなに、こう断言するように迫っている——「血の海が陸地をこえて来る」と。生の丘は人口もまばらになり、灰色と化している。戦争の亡霊が裸足で国土をさまよっている。この亡霊は猛禽のような鉤爪《かぎづめ》を、人間のような足指を持っている！　この亡霊はさまざまな姿をとる、そして今は？　流れただよう血の天幕《テント》の姿をとっている。それが下方に流れてくるなら、ぼくらは血の壁や血の布切れの間に住むことになろう。血があくびをしたとき、ぼくらはあたりを見まわして、別の、血の息吹きからつくられる形状のものを眺めることができる。ぼくらもその御相伴にあずかる。鉤爪が血の井戸を掘り、そこにぼくら、ぼくら失われた者も、おのが姿を映してみるように言われる。血の表面に映る血はこよなく美しい、と言われている……。

＊＊＊

ぼくらはいくたびとなく護衛であることを誓った——何本もの耐えがたい旗の熱い影の下で、一人の知りもしない死神の逆光を一面に浴びて、聖なるものであると宣せられたぼくらの理性の高い祭壇のかたわらで。ぼくらは、ぼくらのひそやかな生を代償とする誓いをおこなった。しかし誓いをしたのと同じ場所に舞い戻ったとき、ぼくらは何を見なければならなかったか？　旗の色は同じだった。旗が投げる影は、これまでにもまして大きくさえあった。みんなはもう一度、誓いのために手をあげた。だが今度はだれのために忠誠を誓ったのだろう？　ぼくらが憎しみを誓ったあの者のために、あの他者のために。そして知りもしないその死神は？　死神は、ぼくらの誓いがまったく不要なふりをしていたが、それは当然だった。……高い祭壇にはついに雄鶏が来てとまって、鳴いた……

こうなった以上、眠りの中で誓うよう試みてみよう。

ぼくらは塔だ、その尖端からぼくらの顔がのぞいている、ぼくらの石くれ状の顔が。ぼくらはぼくら自身より背が高い。ぼくらはどんな高い塔よりも高い別の塔だ。ぼくらはぼくら自身を見下ろすことができる。ぼくらはぼくら自身の千層倍も高い所にのぼろうとする。何という不思議――ぼくらは誓いを立てるために群をなして塔のてっぺんに集《つど》う。ぼくら自身の千層倍もの圧倒的な大勢力……ぼくらはまだ、ぼくらの顔が拳《こぶし》に見えるほどの、誓いをたてる拳に見えるほどの塔の一番てっぺんまでには達していない。でも、そこまでの道のりはぼくらにも分かる。それは、この道のりは、峻《けわ》しい。しかし、明日になっても通用する誓いを立てようとする者は、この道のりを進む。そしててっぺんには！　誓いを立てるためのなんという広場！　下方への何という上昇！　ぼくらがまだ知らぬ誓いのための何という遥かなまでの音響！

＊＊＊

ぼくはある魂の深海に現出したいくつかの事柄を報告しようと試みた。エドガー・ジュネの絵はこれ以上のことを知っている。

逆光

（一九四九年）

心は闇の中に身をひそめていた、賢者の石のように身を硬くして。

＊

春だった、木々がかれらの鳥たちのもとに飛んでいった。

＊

井戸が涸れるまで、壊れ甕をそこに運ぶ。

＊

超弩級の軍艦が溺死者の額《ひたい》にふれて砕け散らない限り、正義について語っても無駄である。

＊

四つの季節《シーズン》がある、しかし、そのどれかに決める第五の季節はない。

＊

彼女への愛がとても大きかったため、その愛は彼の柩《ひつぎ》の蓋を打ち破るほどだった、――もし柩の蓋の上に彼女が置いた花一輪がそれほど重くなかったら。

＊

ふたりの抱擁があまりに長く続いたので、愛はふたりにとうとう絶望してしまった。

＊

審判《さばき》の日が来た、最も破廉恥な行為を試みるべく、十字架がキリストに磔《はりつけ》にされた。

＊

花を埋葬せよ、その墓に人を供えよ。

時間が時計からとび出して、その前に立ち、正しく進むよう命じた。

*

司令官が反逆者の血だらけの首を主君の足下に置いたとき、主君は激怒して叫んだ。「おまえは玉座の間を血の悪臭でみたそうとするのか！」将軍はおそれおののいた。そのとき討たれた者の口がおもむろに開いて、ライラックの花の話をしはじめた。「遅すぎる」と並みいる大臣たちは言った。後世の年代記作者もこの意見が正しいことを裏づけている。

*

絞首刑にあった者を絞首台から下ろしたとき、彼の眼はまだかすんではいなかった。絞首人はあわててその眼を閉ざした。しかし、周囲に立っていた者らはそれに気づき、恥じて目を伏せた。

絞首台の木はこのとき、みずからを生きた木と思いなした。そして、誰ひとり眼を開けていた者はないので、絞首台の木が本当に生ける木となっていたかどうか、知る者はいない。

＊

彼は美徳と悪徳、罪と無実、良い性質と悪い性質を秤にのせた。というのも彼は、自己を裁く前に、確かなことを知りたいと思ったから。しかし、秤の皿はこのように重しをのせられても平衡を保ったままだった。

しかし彼は是が非でも決着をつけたかったので、眼を閉じて、何遍となく秤のまわりを回った。ある時はこちらへ、あるときはあちらへ。そしてついには、どっちの皿がこれを、どっちの皿があれをのせているのか分からなくなった。そこで彼は、自己を裁くために、やみくもに一方の皿に決めた。

ふたたび面《おもて》を起こしたとき、一方の皿が確かに下がっていた。しかしもう、それはどっちだったのか——罪の方の皿なのか、無実の方の皿なのか——分からなかった。

彼は腹を立て、このような方法を取っても駄目だと考えて、もしかすると間違っているのかもしれないという気持ちをおさえかねないまま、自裁した。

＊

思い誤るな——最後の灯《ともしび》が周囲を明るくしたのではない——周囲の闇がその深みを増

したのだ。

＊

「万物は流転する」――この考えも。すると、この考えは万物をふたたび停止させるのではなかろうか？

＊

彼女は鏡に背を向けた、鏡の虚飾を憎んだから。

＊

彼は重力の法則を説き、証拠に証拠を重ねた、しかし、誰も耳を藉《か》す者はなかった。そこで空中に跳び上がり、遊泳しながら法則を教えた。みんなは彼を信じた。こうして、彼が二度と空中から戻らなくても、それを不審に思う者はいなかった。

パリのフリンカー書店主のアンケートへの回答　（一九五八年）

あなたは御親切にも、わたしの現在の仕事や計画《プラン》についてお尋ねです。しかし、あなたが質問を向けられている相手は、これまでの出版物が三冊の詩集に限られている著者です。したがってわたしは、いくらかでも御意向に添おうと思えば、抒情詩人としてお答えするしかありません。

ドイツ詩は、わたしの考えでは、フランス詩とは別の道を行くものです。この上もなく暗澹たるものを記憶裡にして、この上もなく疑わしいものを身のまわりにして、ドイツ詩は、その伝統を現代化しながらも、幾多の耳があいもかわらずそこから聞きとりたがっているような言葉をもはや話すことがありません。ドイツ詩の言葉はより冷静なものに、事実に即したものになりました。それは「美しいもの」を疑い、真実であろうとします。つまりそれは、いかにも当世風な多彩さに目をとめながらも、視覚的な領域に表現を求めることが許されるならば、「より灰色の」言葉なのです、つまり、この上もなくおぞましいもののかたわらで多少なりとも無神経に鳴り響いていた、これまでのいわゆる「美しい調べ」とはもはや何ひとつ共通するものがない場所にとりわけその「音楽性」が据えられることを欲する言葉なのです。

この言葉にとっては、表現に多義性はつきものですが、それでも精確さが問題です。この言葉は美化せず、「詩化」せず、名づけ、規定します。この言葉は、所与のものや可能なものの領域を測定しようとします。もちろんここでは決して言葉自体が、言葉それのみが働いているのではなく、輪郭づけと方向づけを求めて自分の存在の独特な勾配の下に語っている「わたし」が働いているのです。現実は存在しません、現実は求められ、獲得されるのです。

ところでこれでやっとあなたの御質問にまともにお答えしたことになるでしょうか？まったく詩人なんてものは！　つまるところ人は、詩人に対しては、いつの日か正真正銘の小説《ロマン》を筆に上ぼらせるよう望むしかなくなるわけです。

山中の対話

（一九六〇年）

ある夕べ、太陽が――そればかりではなく――沈んでいった、そこへ、小屋の中からひとりのユダヤ人が、ひとりのユダヤ人にしてひとりのユダヤ人の息子であるものが、歩み出て来た、かれとともにかれの名も、発音しにくいかれの名も歩み出て来た、やって来た、のろのろとこちらへやって来た、やって来るのが聞こえた、杖をついてやって来た、石をこえてやって来た、聞こえるかい、きみに、このぼくが、聞こえるだろう、きみに、このぼくが、ぼくだよ、ぼく、ぼく、きみに聞こえているぼく、きみが聞いているとおもっているぼく、ぼく、ぼくならぬぼく――このようにしてかれは歩んで来た、それを聞きとることができた、いくつものものが沈んだある夕べ、かれは歩んで来た、わだかまる雲の影のもとを、みずからの影とみずからでないものの影のもとを――というのも、ユダヤ人は、知っているだろう、きみは、それがまぎれもなく自分のものであり、借りものではない場合も、いったん借りうけたものはあくまで返すことを知っているから――こうしてかれは歩んで来たやって来た、やって来た、道をこちらへ、きれいな道をくらべようのないほどの道を、歩んで来た、レンツのように、山中を、かれ、自分が属する山麓の低地に住まわせられていたかれ、ユダヤ人は、やって来た、やって来た。

やって来た、そう、道を、くらべるもののないほどの道を。

するとそこへだれが、かれのほうへ、やって来たと思う？　かれのほうへ、かれのいとこが、かれのいとこにしてかれの親のきょうだいの子どもであるものが、やって来た、ユダヤ人寿命にして四半生だけかれより年長であるものが、背の高いものがこちらへやって来た、やって来た、やはり影をともない、借りものである影をともない、やって来た——というのも、神がユダヤ人たらしめたものである以上、だれが、とぼくはたずねる、自分自身の影だけとやって来るだろうか？——やって来た、やって来た、背の高いものがやって来た、もうひとりのユダヤ人のほうに、背の高いものが背の低いもののほうにやって来た、すると背の低いほう、ユダヤ人であるものは、みずからの杖に背の高いユダヤ人の杖のまえで沈黙することを命じた。

すると石も沈黙した、山中はひそまりかえった、ふたりが歩んで来た山中、このものとあのものが歩んで来た山中は。

このようにしてあたりはひそまりかえっていた、この山頂はひそまりかえっていた、しかしそれは長いあいだではなかった、というのも、ひとりのユダヤ人がこちらへやって来てひとりのユダヤ人と出会った以上、たとえ山中でも、沈黙はやがて止んでしまうものだから。というのもユダヤ人と自然、それは二つの別々のものだから、いまなお、今日なお、ここでも。

こうしてふたりはたたずんでいた、いとこどうしであるものは、左手にはマルタゴンの花が咲き、あらあらしく咲きほこり、どこにもないほどに咲きほこり、右手にはチシャが、そしてまたカワラナデシコが、そこからほど遠からぬところに咲いていた。ところでこのふたりは、このいとこどうしであるものは、かれらは、ああなんとしたことか、眼を持っていなかった、さらに正確にいうならば――かれらも、このふたりも、眼を持ってはいた、しかしその眼のまえには、いや、まえではない、そのうしろには、一枚のヴェールが掛かっていた、――眼のなかに像がはいってくると、像はたちまちこのヴェールにまつわりつかれ、すると一本の糸がたちどころにはせ参じて紡ぎはじめる、その像のめぐりにぐるぐると紡ぎはじめる、ヴェールの糸、――それが像のめぐりにぐるぐると紡ぎつづけ、像といっしょになってひとりの子どもを生みだす、なかば像の、なかばヴェールの子どもを。

あわれなマルタゴン、あわれなチシャ！　ふたりはそこに立ちつくしたまま、このいとこどうしであるものは、山中の道にふたりは立ちつくしたまま、杖は沈黙している、石は沈黙している、だがこの沈黙はいかなる沈黙でもない、いかなる言葉も、いかなる文章もここで押し黙っているのではない、それはひとつの単なる休止なのだ、ことばの隙間なのだ、空白の箇所なのだ、きみには見えるだろう、ありとある音節がこの沈黙のまわりにおしかけているのが――舌なのだ、口なのだ、かれらふたりは、これまでどおり、しかもかれらの眼のなかにはヴェールがかかっている、そしてきみら、きみらあわれなものら、きみらは立っていない、咲いていない、きみらは存在しない、そしてこの七月は、いかなる七月でもない。

おしゃべりなものら！　舌が歯並みをむなしくつき、唇がすぼまろうとしない今このとき、それでもかれらはたがいに何かを言いあおうとする！　よかろう、かれらをして語らしめよ……

「はるばるやって来たのだね、ここまでやって来たのだね」

「やって来たのだよ、やって来たのだよ、きみのように」

「知ってる」

「知ってるかい。知ってるかい、ごらん、この山の上のほうで大地が褶曲《しゅうきょく》した、一度、二度、三度と褶曲した、そして中央でまっぷたつに割れ、するとそのなかには水がたたえられてあった、水は緑いろだった、緑いろは白だ、その白はさらにはるか上のほうから来た、氷河から来た、と言うこともできよう、しかしそう、言いきることはできない、それはあくまでも言葉なのだから、白をやどした緑いろというのは、それはあくまでも言葉、きみのためのものでもぼくのためのものでもない言葉なのだから、――なぜなら、ぼくはたずねるが、いったい、大地は、だれのためにつくられたものだというんだい、きみのためではない、そうだろう、ぼくのためでもない――それはあくまでもひとつの言葉なのだ、そうだとも、『ぼく』でも『きみ』でもない、ただ『かれ』ばかりの、ただ『それ』ばかりの言葉なのだ、知ってるだろう、『それら』ばかりの言葉なのだ、それだけのことさ」

「分かるよ、分かるよ。ぼくははるばるやって来たのだから、きみみたいにやって来たのだから」

「知っている」

「知っているのにどうしてぼくにたずねるんだい、『それなのにきみはやって来た、それなのにきみはここまでやって来た――なぜ、なんのために』って?」

「なぜ、なんのために、って……それは多分ぼくが話しかけなければならないからさ、ぼく自身に、あるいはきみに、この口とこの舌で、この杖でばかりではなしにね。杖はだれに話しかけるのだろう?　杖は石に話しかける、そして石は?――石はだれに話しかけるのだろう?」

「石は、いとこよ、だれに話しかけるかというのかい?　石は話しかけたりはしない、石は語る、そして語るものはだれに対しても話しかけたりはしない、それは語る、だれも聞いてくれるものがいないから、だれも、いかなるものもいないからだ、石はいう、みずからの口でもみずからの舌でもない石そのものが、石だけがこういう――聞こえるかい、きみ、と」

「聞こえるかい、きみ、と石はいう――そうだとも、いとこ、そうだとも、そうだとも……聞こえるかい、きみ、と石はいう、ぼくはやって来た、ぼくはここにやって来た、やって来た、ぼくは杖をついてやって来た、ぼくは、ぼく以外のなにものでもないぼくは、『かれ』ではないぼくは、みずからの時をもつぼくは、ぼくのあるべからざる時をもつぼくは、それが身の上にふりかかったぼくは、それが身の上にふりかからなかったぼくは、その記憶をもつぼくは、その記憶がおぼろなぼくは、ぼくは、ぼくは……」

「石はいう、石はいう……聞こえるかい、きみ、と石はいう……。しかしこの『聞こえるかい、きみ』は、この『聞こえるかいきみ』は何も語らない、返事をしない、なぜならこの『聞こえるかいきみ』はあの氷河とともにあるもの、あの三度も――人間のためにではなく――褶曲したものとともにあるもの……あの『緑いろ=と=白の』もの、マルタゴンとともにあるもの、チシャとともにあるものなのだから……しかしぼくは、いとこよ、ここのこの道に立っているぼくは、ぼくが属してもいないこの道に今日、そしてあのものが、あのものとあのものの光が、沈んでいったいま、影をともなった、自分自身と自分ではないものの影をともなったここにいるぼくは、ぼくは、――そのぼくはきみにこういうことができる――

……あのときぼくは石の上によこたわっていた、知ってるだろう、石だたみの上に、そしてぼくのかたわらにはあのものたちがよこたわっていた、ぼくのようだった別のものたち、ぼくとは別の、しかもまったく同様だったものたち、ぼくのいとこたち、――そのものたちもそこによこたわって眠っていた、眠っていた、眠ってはいなかった、夢をみていた、夢をみてはいなかった、そのものらはぼくを愛してはいなかった、ぼくもそのものらを愛してはいなかった、というのも、ぼくはかれらのひとりだったし、誰がそんな『ひとり』を愛しもしよう、かれらは多数だった、ぼくのまわりにむらがりよこたわっているものらよりもさらに多数だった、そのようなとき誰がそれらすべてのものを愛することができよう、そしてぼくも、きみに打ち明けよう、かれらを、かれら、ぼくを愛してくれぬものらを愛してはいなかった、ぼくが愛していたのは一本の蠟燭《ろうそく》、左のかたすみに燃えていた一本の蠟燭、それをぼくは愛していた、それが燃えつきようとしていたために愛していた、といっても『それ』が燃えつきようとしていたために愛していたのではない、というのも、ここで『蠟燭』というのは、もちろん『あのもの』の蠟燭、つまり、ぼくらの母たちの父であるものが昔ともした蠟燭であったから、というのもその夜にある一日が、ある特定の、ある一日が、第七の日である一日が、そのあとに一番目の日がつづくべき第七の日が、第七の日にしてしかも最後の日ではない一日が始まったのだから、ぼくは、いとこよ、といってもその蠟燭を愛してはいなかった、ぼくが愛していたのは、その蠟燭が『燃えつきようとしていること』だった、そしてそれ以後、わかってくれるだろう、ぼくはなにものをも愛していない。

なにものをも愛していない、いや、そうではない、——もしかすると愛している、燃えつきようとしていたものを、あの日、あの第七の、しかも最後の日ではなかった日に燃えつきようとしていたものを、——いや、それは最後の日ではなかった、いや、決してそうではなかった、というのもぼくはいまここに、この道の上に、かれらがきれいだという道の上に立っているのだから、ここマルタゴンのかたわらに、チシャのかたわらに、そしてここから百歩離れたむこう、ぼくが行こうとしているむこうでは、カラマツが上のほうでハイマツにかわっている、ぼくにはそれが見える、ぼくにはそれが見える、ぼくにはそれが見えない、そしてぼくの杖、それは語ったそれは石に語った、そしてぼくの杖、ぼくの杖はいま黙りこくっている、そして石は、ときみはいう、語ることができる、そしてぼくの眼の中にはヴェールが掛かっている、ゆれるヴェール、幾枚もの、幾枚ものゆれるヴェールが掛かっている、その一枚をきみがかかげると、そこにはもうつぎのヴェールがかかっている、そして星が——というのも、そう星がいま山の上に出ている——その星が眼の中にはいろうとすると、星は結婚式をあげなければならない、星はやがてそれ自体でなくなり、なかばヴェールの、なかば星のものになってしまう、ぼくは知っている、ぼくは知っている、いとこよ、ぼくはきみに出あった、ここで、ぼくらはさまざまなことを語りあった、そしてかなたの褶曲、きみは知ってるだろう、あれは人間にむけられたものではない、ぼくらにむけられたものではない、ここまで歩んで来て出会ったぼくらむけのものではない、ぼくら、あの星のもとのぼくら、ユダヤ人であるぼくら、山中を、レンツのように、歩いて来たぼくら、背の高いきみと背の低いぼく、おしゃべりなきみとおしゃべりなぼく、杖をたずさえてきたぼくら、名をもつぼくら、発音しにくい名をもつぼくら、ぼくらの影、ぼくら自身とぼくらではないものの影をもつぼくら、ここにいるきみとここにいるぼく——

——ここにいるぼく、こういったことをなにもかもきみにいえるぼく、いえるはずだったぼく、きみにいえないぼく、きみにいえなかったぼく、ぼく、——マルタゴンを左手にしているぼく、チシャとともにあるぼく、燃えつきようとしているもの、蠟燭とともにいたぼく、あの日のぼく、あの日々のぼく、ここにいるぼく、かなたにいるぼく、愛することのなかったものらの愛におそらく——いま！——つきそわれて、この山頂のぼくまでの道をたどって来たぼく」

ハンス・ベンダーへの手紙

（一九六一年）

ハンス・ベンダー様

五月十五日付けのお手紙、ならびにあなたのアンソロジー『わが詩はわがメス』に寄稿するようにとのご親切なお誘い、有難うございます。

ひと昔まえ、あなたに対して、詩人は詩が出来上がってしまえば彼がもともと有していたそれとの共犯関係からは解き放たれる、と申したことがあるのを覚えています。わたしはこの見解を今日もっと別な風に言いかえるか、もっと微細に述べるかすべきだろうと思います、――でも、根本においては、わたしは依然この――古い――見解の所有者です。

たしかに、今日いとも無造作に手仕事と呼ばれるものは、存在します。しかし――考えたことと経験したことを一気に述べることをお許し下さい――手仕事というものは、丁寧さがそもそもそうであるように、あらゆる詩作の前提です。この手仕事が金色の基盤を持っていないことは明白です――そもそも基盤などというものを持つかどうか、それさえ定かではないのです。手仕事にはさまざまな奈落や深淵があります——それが優れている（わたしは遺憾ながらそのひとりではありませんが）ために名をなした人さえいるのです。

手仕事——それは手にかかわる事柄です。そしてこの手はといえば、それはどうしてもひとりの人間のもの、つまり、みずからの声とみずからの沈黙とをたずさえてひとつの道を求める死すべき運命を負った一回かぎりの霊的存在のものなのです。

真実な手のみが真実の詩を書きます。わたしは握手と詩との間に原則的な違いを認めることができません。

ここで「詩作スル《ポイエイン》」というような言葉を引きあいに出したくはありません。この言葉は、それと遠かったり近かったりする言葉ともども、もとは今日使われているコンテクストとは別の意味で使われていたらしいのです。

もちろん、訓練というものは——精神的な意味でも——存在します、ハンス・ベンダー様！　それと並んで、あらゆる街角の抒情詩で、いわゆる言語素材をめぐる実験もあきらかに行なわれています。詩、それはしかしまた贈物でもあります——注意深い人びとへの贈物、運命をはらんで訪れる贈物です。

「どのようにして詩を作るか？」

何年も前の一時期わたしはその様子を眺め、その後いくらか離れた所から仔細に観察することもできたのですが、「作ること」が細工することに移行し、やがて捏造へ変化することもあるのです。そうです、そうしたこともたしかに存在します。知っておられると思います——決して偶然からではありません。

わたしたちは暗い空のもとに生きています。そして——人間と呼べる人間は僅かしかいません。おそらくそのために詩もこんなに僅かなのでしょう。わたしがいまも抱いている希望は大きなものではありません、——わたしは自分にまだ残されているものを保持しようと努めるばかりです。

御多幸とよき御仕事を祈ります。

パウル・ツェラン

パリ、一九六〇年五月十八日

フリンカー書店主のアンケートへの回答

（一九六一年）

あなたは言葉のこと、思考のこと、詩のことをお尋ねです。あなたはこれらのことを簡潔な言葉でお尋ねです。わたしの回答にも簡潔な形式をとらせることをお許し下さい。

詩における二国語性をわたしは信じません。二枚舌——確かにこれは、さまざまな同時代の言葉の芸術や芸当の中に存在します。とりわけ、そのときどきの芸術消費に嬉々として応じて、多国語的にも多彩的にも身をあやつることのできる言葉の芸術や芸当の中に。

詩は——運命的に一回的な発語です。つまり——この自明の理を申しあげることをお許し下さい、詩は今日、真実同様、この自明さをあまりにもしばしば失って自滅しているのですから——つまり、詩は二回的な発語ではありません。

真実、雨蛙、作家、赤ん坊を運んでくる鸛《こうのとり》

（一九六六年）

……御本出版の件に協力いたしたいのですけれど、――どうか悪しからず！　わたしは自分の恋愛体験を相対化するなどということにかけてはまったくの無能力で、自分の中にもあるのかもしれない昇華作用に関してもまったくの無自覚です。そして、告白趣味にかけてもまったく自信がありません――キンゼイ・レポートさえまだ読んでいません。告白趣味なるものが、はたして何かの役に立つものか。つまりわたしは――なるほど告白こそが、（ある新聞の投書欄に載っていたとおり）、アウシュヴィッツの殺人者に対するワタクシ如キ露出狂ノ輩からの唯一のお返しであるにはちがいないものの、（今はじめてわたしたちは、アドルノ的思考法をきびしく取る、ドイツ・ヨーロッパ的志向のメルクール誌によって、あのような野蛮行為の根源がどこにあったのかを知るのです）――つまりわたしはとりもなおさず、一晩かけてのろのろととりとめもないおしゃべりを展開するうちに、あいかわらず人間を、ユダヤ人を、愛を、真実を、雨蛙を、作家を、赤ん坊を運んでくる鸛を信じる型の人間なのです。そして、ほんのすこし、個人的にごく

親しい半球の(東欧の? そもそもそんなもの存在するでしょうか?)「連帯、連帯」――子どものころチェルノヴィッツで習ったウィーンの唄にそんなのがあったような気がします――をも信じる人間なのです……

　心からなる敬愛をこめて。

シュピーゲル誌のアンケートへの回答

（一九六八年）

わたしは、西独やドイツとの関連においてばかりではなしに、依然変革や変化を待ち望んでいる者です。代わりの体制がそれらをもたらすということはないでしょう。そして革命も——社会的であると同時に反権威的革命も——この変革や変化からだけ考えられることです。それは、ドイツで、今日ここで、個々人の中で行なわれています。何が四番目に来るか、それは言わないでおきましょう。

詩《ポエジー》は……

（一九七〇年）

詩《ポエジー》はもはやみずからを押しつけようとするものではなく、みずからを曝《さら》そうとするものである。

一九六九年三月二十六日

解説

本書はパウル・ツェランの代表的な詩、そしてほとんどすべての詩論（講演と散文）を収めたものである。このうち「詩」は、二〇一一年三月十一日の東日本大震災後の状況において心に響く詩を、という編集部の要請で、自分なりにそれと関係のあるものを選んだ。それというのは、この震災による犠牲者や負傷者の方がたが、被災の瞬間襲われた驚愕や恐怖の気持ちである。それは想像することさえ憚られるほど強大だったにちがいないけれど、ツェランにも強制収容所による犠牲者などを想った同様の詩が何篇もあるように思われる。それを選んだ。震災に限らず、自然災害、戦災などによる極限状況にも当てはまるといえるだろう。

「詩論」についていうと、詩人として出発したツェランは、その生涯にわたって、詩論らしい詩論をみずから進んでは書いていない。アンケートに答えたものや、いくつかの文学賞の受賞時の講演で、詩を書く内的動機のようなものを吐露しているだけである。しかし、そのような一つとしても、「講演」のなかの「子午線」はツェランの詩の核心に触れるものとして知られている。「散文」の中では、「山中の対話」がツェランの胸中を述べた小品として重要である。

詩人ツェランの名は日本ではまだ未知にひとしい。しかし、本国ドイツでは戦後随一の呼び声が高いし、なによりも国際的な評価が非常に高く、来日詩人たちがよく口にする。戦後の世界有数の詩人といっていいだろう。この場合、「戦後の」というのは、第二次世界大戦以後それぞれの戦争による傷を引きずって生きてきた詩人の意味である。ツェランが戦争で受けた傷とは、精神的なものといえ甚大で、戦争中父母がナチスの強制収容所で殺されたことである。とりわけ最愛の母親への追慕の念は、ツェランの詩作の原点になっているようにさえ思われる。

＊

パウル・ツェランは一九二〇年十一月二十三日に旧ルーマニア領、現ウクライナ共和国内のチェルノヴィッツで生まれた。本名パウル・ペサハ・アンチェル。ツェラン Celan という筆名はこの Antschel をひっくり返したものである。両親はユダヤ人。ツェランはひとりっ子だった。この土地のギムナジウムを卒業後、当時のルーマニアに住む良家の子弟の例にならってフランスに遊学し、トゥール大学の医学部予科に約八か月、籍を置いた。しかし翌年帰郷してからは再びそこに戻ることなく、故郷のチェルノヴィッツの大学で今度はフランス文学を学んだ。

第二次世界大戦の勃発はツェランの人生に決定的な影響を与えた。一九四〇年、ソ連がチェルノヴィッツ市をルーマニアから奪取、しかし一九四一年、ナチス・ドイツと手を組んだルーマニア軍がソ連軍撤退後の市内に入り、やがてドイツ軍の手によるユダヤ人の移送が始まった。行き先はチェルノヴィッツ近くのトランスニストリアの強制収容所だった。ただし、奇妙なのは、このユダヤ人狩りは土曜日の晩にしか行なわれないことだった。ツェラン一家は、ツェランの女友達ルートの紹介があって、この土曜日は避難のためルーマニア人の一篤志家の工場に泊まることになった。しかし、同様の動機から一度親戚宅に泊まったことのあるツェランの母親は、そのときの苦い経験からもう金輪際よそには泊まろうとしなかった。父親もそれに同調した。息子ツェランがどれほど勧めても、二人は肯《がえ》んじなかった。月曜の朝、ひとり避難したツェランが家に帰ってみると、両親の姿はなかった。列車で移送されたのだった。

一九四二年八月、それまで南ブーク河畔の収容所に収容されていた両親のうち父親はもともと建築技師だったため、技術者を収容するガイシン市の収容所に連れて行かれた。しかし、力が衰えたため射殺された（あるいはチフスで死亡したともいわれる）。

一九四三年、ツェランは逃走してきた一人の親戚から、ガイシン市近くの収容所にいた自分の母親が「うなじ撃ち」によって殺されたことを知った。

ツェランは一九四一年以来、当時組織された労働奉仕団に入団していた。これはユダヤ人の十八歳から五十歳までの男性を対象にしたもので、移送を防ぐ唯一の手段だった。この強制労働への従事者は、まずモルドワ州のタバレスティという村で収容所の建設に当たった。その後、そこに住んで、炎天下にシャベルで掘りつづけるなどの苦役に従事した。この時期、収容所の休日に、ツェランは小さな黒い手帖や用紙に詩を書きこんでいた。

一九四四年二月、ナチス・ドイツの力が弱まり、強制労働に従事していたユダヤ人たちに休暇帰宅が許可されるようになった。ツェランはチェルノヴィッツに戻り、この時期をもっぱら女友達ルートとその両親宅で過ごした。同郷の女性詩人ローゼ・アウスレンダーと知り合いになった。

同年四月、ソ連軍が戦うことなくチェルノヴィツ市に進入した。今度はソ連軍による強制労働、そして徴兵の危険がツェランに迫った。ツェランは知り合いの医師に頼みこんで精神科の助手になった。住居は元の両親の家でよかった。ソ連管轄下のチェルノヴィツ大学で英文科に入った。黒い手帖には、すでにこれまで自力で翻訳したシェイクスピアのソネットが書きこまれていた。これまでの体験であきらかに人が変わり、ユダヤ的なものへの関心が高まった。シュタインバルクのイーディシ語の寓話を朗唱したり、ユダヤ教寺院で唱えられる新年の祈りのメロディーを口ずさんだり、マルティン・ブーバーの著作を熱心に読んだりした。

詩作が天職となり、運命となった。それまで書いてきた詩を清書し、二冊の詩集をつくった。

一九四五年四月、ルーマニアの首都ブカレストに向かい、ここに二年間留まった。ロシア文学をルーマニア語に訳す仕事をした。ブカレストでの友人だったソロモンは彼のことを「苦悩の重荷の下にありながら頭を高くもたげている青年、ルーマニアの諺《ことわざ》にいう不幸を冗談に言いくるめる人間」と言いあらわしている。ツェランは言葉あそびの好きな人間、機智《ウイツト》をあたりにふりまく人間だった。旧知のアルフレート・マルグル゠シュペルバー（ツェランという筆名を考え出したのは彼の妻である）や、当地のシュルレアリスト連中と付き合った。夜には自室で詩を書く日々が続く。

一九四七年、ウィーンへ脱出した。マルグル゠シュペルバーからオットー・バージルへ宛てた紹介状を携えて行った。ウィーンで第一詩集『骨壺からの砂』を編んだが、誤植が多かったため回収して、一九五二年発行の『罌粟《けし》と記憶』に収めた。ウィーンではエドガー・ジュネ、インゲボルク・バッハマン、ミロ・ドール、クラウス・デームスらと知り合ったにもかかわらず、この地にあきたらず、一九四八年七月にはパリに出た。バッハマンと恋仲になり、後年バッハマンはツェランを追ってパリに出ようとしたことが最近刊の二人の書簡集で知られている。

パリでは最初ソルボンヌ大学の独文科に入った。一九五〇年に資格取得後、一九五九年にその講師になり、この職はその後ずっと死の年まで続いた。

パリに住むスイス人のシュルレアリスムの詩人イヴァン・ゴルへの紹介状を携えていた。ゴルは重い白血病を患い入院中で、彼を見舞ったが、一九五〇年に死去した。しかし、彼の夫人クレールとの付き合いはその後も続き、しかもこれがクレールのツェランへの執拗な夫の作品からの盗作告発となって、生涯ツェランを悩ませた。

一九五一年版画家ジゼル・レストランジュと知り合い、五二年に結婚した。翌年生まれた長男は生後まもなく死亡、一九五五年に次男のエリックが誕生、現在健在である。

一九五二年のニーンドルフでの「四七年グループ」の集会に出席、多くの若手ドイツ文学者と知り合った。パリに四年間住んでいたギュンター・グラスとは何度も会い、グラスは後年、「僕は彼の泣き言のよき聞き役だった」とふり返っている。

ニーンドルフでの自作朗読が一出版社の代表の心を動かして、第一詩集『罌粟《けし》と記憶』刊行の運びになった。この中の「死のフーガ」は、戦後ドイツ随一の名詩とされるものである（本書の冒頭に収録)。一見して強制収容所を舞台とするものであるが、詩の中には断わってなく、そこで両親が死んだことも含めて、このような伝記的・歴史的事実がツェランの詩を読む場合の大前提となることが暗黙裡に要請されている。

第一詩集『罌粟と記憶』は、死者追憶のトーンに満たされている。とりわけ母親の面影をひたすら追うトーンは哀切である。

一九五五年に第二詩集『敷居から敷居へ』が刊行された。ここでは死者が息づいている感さえある。しかしそれはもちろん詩の上だけでのことで、詩によって死者を賦活できない焦燥が早くも顔をのぞかせている。

一九五八年に生涯ではじめての賞、ハンザ自由都市ブレーメン文学賞を受賞した(「詩は……おそらくは語りかけることのできる『あなた』、語りかけることのできる現実をめざしているのです」という発言は、直接的にはもちろんよき読者を念頭に置いているが、ツェランの志向からいうと死者との対話さえめざしているように見える)。

一九五九年に第三詩集『ことばの格子』が刊行された。放心のおもむきが強く、さまざまな幻覚が導入されている。巻尾の「迫奏《ストレッタ》」はやはり放心裡にかつての強制収容所内を歩いている内容のもので、幻覚や、おそらく死者(神を信じていた母親)の意を酌んで神への讃歌が生じている最後の部分は圧巻である。

一九五九年、短篇「山中の対話」が書かれた。二人のユダヤ人が山中で会い、おろおろ声の対話をかわす話で、ここに登場するのは三つの絶望である。第一に自然の異変(戦争中のユダヤ人の災厄はこれに匹敵するものである）に遭遇したときに対処すべき法を見出せなかった絶望。第二にそのような極限状況に置かれた人間同士の間にもはや愛が存在しなかったという絶望（これは収容所に入っていたときのツェランの体験だろう。日本では石原吉郎氏の文章が同じことを語っている）、そして第三の絶望は、事後なすすべもなくのうのうと生きていることの絶望である。ツェランの詩は自分がこのような尽きることのない絶望の中にも、何とか死者ならぬ生者への愛を復活させたいと願う試みだろう。ツェランの人怖じする性癖はことのほか強かったといわれる。むこうから人の群れがこちらへ向かってきただけでも逃げだしたといわれる。ひとことで迫害妄想といわれるもので、同様の運命の持ち主ネリー・ザックスも同種の病いに終生悩まされた。ツェランは彼女を病院に見舞ったことがあるが、彼自身、治癒不能の病人だった。

一九六〇年、ゲオルク・ビューヒナー賞受賞に際して最大の詩論的講演「子午線」を行なった。ビューヒナーを基盤にしておのれを語っている。ビューヒナー、ツェランともにその生涯において次第に追いつめられていく体験を持った文学者だった。そのツェランがビューヒナーを語ったのは、ビューヒナー賞が機縁だったとはいえ不思議な偶然の一致だった。

一九六三年、第四詩集『誰でもないものの薔薇』を刊行した。誰でもないもの＝nobodyとは、普通は「神」と言うところを言い換えただけの話で、神信仰（おそらく母親のせい）から神否定に向かったツェランの性向をよくあらわしている。つまりツェランは、自分のCredoを、つまり神への信心を、詩への信念に変えたのだった。この詩作態度を一生変えなかったことが、彼の詩を一貫性あるものに保たせたのだった。

しかし、これは自由な詩作の放棄でもあるので、ツェランの詩はそれ以後窮屈さの点で苦渋の色をあらわすようになった。

一九六七年に刊行した第五詩集『息のめぐらし』は、元来は不合理《イラショナル》だった彼の詩が合理的《ラショナル》になった悪結果を如実にあらわしている。つまり、『誰でもないものの薔薇』の中の「頌歌」のような反神論の詩がこれまでの神信仰の裏返しにすぎなかったことの悪結果である。

一九六八年の第六詩集『糸の太陽たち』に収録の詩は短いものが多く、これはこのような悪循環の突破とも、詩作者自身の変調、つまり息のきらしともいえる。詩作態度に焦燥があらわれ、死者への強すぎる憧憬と、詩の破局の予感があらわれている。

一九七〇年の第七詩集『迫る光』は、これはもう自死への予感がはっきりとあらわれた詩群である。強制収容所で死んだ最愛の者、つまりおそらくは母親への死の寸前の肉体的、精神的状況へのそれまでの追体験が、来たるべき自死の寸前への想いになりかわっている。ツェランは同年四月十九日、セーヌ川へ投身自殺をした。その三か月後におそらく作者の予定通り、この詩集は出版された。

第八詩集『雪の区域《パート》』は、死後遺稿が発見されたもので、難解なものが多い。しかし、本書に取り上げた「落石」は実に分かりやすい。虫たちの無残な死は今回の震災の犠牲者にも当てはまると思われる。ツェラン夫人の銅版画に該当する作品があり、それをあわせて掲載した。

以下ここに選んだ詩、詩論（講演・散文）の順に解説を行ないたい。

Ⅰ　詩

『罌粟《けし》と記憶』

「死のフーガ」　ツェランの詩の代表のようにいわれている詩である（ドイツのギムナジウムの教科書にも載っている）。強制収容所の詩という前提をつけた方が分かりが早く、その上なら詩の意味もすぐ理解できよう。「僕ら」というのは、強制収容所（ツェランが収容されていたのは実際は強制収容所ではなく、それよりは軽度の労働収容所ではあるが）にとらえられている囚人たち。彼らの日々単調な労働生活が効果ある反復のリズムとなって読む者の胸に促々と迫ってくる。囚人たちは理不尽な仕打ちを受けているために、その精神的結果である矛盾した言いかたが処々に現われている（「黒いミルク」、「君の金色の髪マルガレーテ」――ドイツ人にとっての――と「君の灰色の髪ズラミート」――ユダヤ人にとっての――との並置など）。蛇をもてあそぶ男は、ナチの将校である、彼は同時に故郷の恋人にあてて手紙を書く、――こうしたシーンは、ひところピアノを弾くナチ将校のイメージでわれわれの間にも定着したことがある。甘美さと残酷さの同居。しかし、このような相反するトーンの混在はわれわれの日常生活の中ではむしろ普通である。アウシュヴィッツの将校がピアノを弾いてもかまわないし、アウシュヴィッツのような残虐事のあとで詩人が詩を書いても、それは人間社会の平常事で不都合事ではない。この意味で「アウシュヴィッツのあとに詩を書くのは野蛮だ」というアドルノの定言は当たっていない。したがって、ツェランのこの詩のそれとは別の「甘美さ」に関する批判、つまり、ツェランは残酷なはずの強制収容所内の状況を甘美に歌うという誤りを冒した、というようなこの詩の発表当時（一九五〇年代）の一批評家の批判もまた、いわれなきものだろう。

「光冠《コロナ》」 この詩は「死のフーガ」のような詩のあとではいささか場ちがいと思われるかもしれない。男女の性交の詩で、男は女の性器に目をやり、やがて二人は裸のまま抱きあって窓枠の中に立つような狂態まで演じる。しかし、たとえ強制収容所の囚人といえども彼らには彼らなりの性生活がある。これが日常である。しかも、この詩の主人公の男性は戦後すでに収容所から世間に出ている人間である。伝記的事実としては、最近出版された『バッハマン／ツェラン 往復書簡』に基づいて、このときの相手は、女性詩人として戦後最高といわれたインゲボルク・バッハマンだろうといわれている。ただし、この詩で普通でないのは、中ほどの、「僕らは暗いことを言いあう、／僕らは愛しあう、／罌粟《けし》（忘却の別語だろう）と記憶のようにのような文句である。これは暗い情事、男も女もその背後に暗い過去を隠し持っているような情事である。暗い過去とは、ツェランに即していえば、強制収容所で父母を失った怒りや悲しみに包まれた過去である。バッハマンに即していえば、父親がナチだったこと、自分もその二十歳前の娘として、時代の傾向に加担していた過去である。このような組み合わせも、映画や小説で今なおわれわれの間にパターン化している。しかし、性交という日常的行為の中に政治的事柄をからめてその興奮の度を高めても、最終的な場面ではそれを忘れるだろうし、悪趣味でしかない。

「数えろ、アーモンドの実を」　「あなた」はまちがいなくツェランの母親だろう。詩の中でひとり座っているときのツェランは、死んだ母親を想って、このように机の上のアーモンドの実の数を数えたり、机の上の母親の瞑った目そっくりのパン屑のまわりに、母親が使っていた祈禱用の首飾りを飾ったりする。苦かったアーモンドの実とは、母親が嘗めなければならなかった辛酸だろう。母親は神信心の強かったひとで、ツェランも彼女が強制収容所に移送されて以来、その無事をおなじ神に一心に祈っていたと思われる。母親のお唱えが成就する場所ではじめて、母親は（日本語でいえば）成仏する。待ち望まれていた神が顕現し、先に死んでいたと言われる彼女の夫が彼女を迎え入れる。母親、神、夫がここに出てくる三者だろう。このような大団円の中にもなお残るのは、現実のツェランの胸中にある苦渋で、逆にいうと、苦渋の色を浮かべつつアーモンドの実を数えているツェランの胸中を語ったのがこの詩ということになる。

『敷居から敷居へ』

「入れ替わる鍵で」　この詩集の題名の『敷居から敷居へ』は、ツェランがよく使うイメージで、最初の敷居は、未生の前世から現世へ生まれてくるときの敷居、後の敷居は現世から死後の来世へ出ていくときの敷居。ここはおそらく死後の世界のツェランの母親が生前同様の強制収容所内の断末魔の苦しみの中で、現世の家の中に入ってこようとしているイメージだろう。家の中には今なお、「口に出されずに終わった」苦しみの「言葉」が吹き荒れている。

「夜ごとゆがむ」　アルプスの氷河地帯に死者たちが立ったまま凍死しているイメージ。「生い立ちにまつわる負い目」とは、ユダヤ人であるがために原罪以来受けている災難のことだろう。しかしそれがもたらした「屍《しかばね》」の存在は不当である。この怒りを押し殺しつつ、せめて死体の骨片を丁寧にととのえてやるのが、ツェランの仕事。

「沈黙からの証《あか》しだて」「黄金《きん》」というのは、〝沈黙は金〟の〝金〟だろう。沈黙も忘却も鎖につながれて、あとは自分たちを夜がおしつつんでくれることを願っている。前々詩「入れ替わる鍵で」にあった強制収容所の犠牲者たちの「口に出されずに終わった言葉」も、やはり夜に身を委ねて救済されることを願い、そのあと詩の言葉となって再生することを願っている。ツェランの詩の志向は、そのような「口に出されずに終わった言葉」、つまり強制収容所の死者たちの胸の内を、自分の詩の言葉によってよみがえらせることだった。この詩や「入れ替わる鍵で」は、この意味でツェランの詩の方法論、つまり詩論である。

『ことばの格子』

「声たち」　強制収容所の死者たちの声。それが先祖のノアの方舟《はこぶね》の中の人間たちの声としてひびいてくる。

「白く軽やかに」　海岸の風のせいで出来る三日月型砂丘が無数に並んでいる。よこたわる「ぼく」の横のその一つ一つの上に亡き一人の女《ひと》の面影が浮かびあがる。「ぼく」はその面影をつかまえようと手を伸ばすが無駄。彼方に白くゆらめくものがある。これは遥かなるものたち＝死者たちの霊魂。それが「ぼく」とそのかたわらの「亡い女《ひと》」とを手招きしている。この

「亡い女」は直接には死んだ恋人と見るのが妥当だが、ツェランの詩では、恋人や母や妹が一つになってあらわれることがある。

「ことばの格子」「格子の棒」は、睫毛《まつげ》。灯油にひたされた木ぎれの燃えるのを見て、亡きひと（おそらくは母親）の魂を推しはかっている。「二つの／口もとまであふれる沈黙」とは、死んだ父母のかたみに取りかわす胸の内かもしれない。

「引き潮」海辺に旅行したときの詩と思われる。ただし、「心の壁」、「目」、「沈黙」などはツェランの詩の世界からの言葉。過去の忌わしい出来事の中での言葉が、眼前の海岸の風景の一つ一つと綴り合わされているのがわかる。

「迫奏《ストレッタ》」かつての強制収容所を訪れたときの詩。実際にツェランがどこの強制収容所を訪問したのかは分かっていない。ただし、アラン・レネ監督がアウシュヴィッツを撮影した映画『夜と霧』（一九五六年）の脚本（ジャン・ケロール）の独訳をツェランはしていて、この詩はそれをもとにしたと考えられる。「迫奏」は、フーガの急迫部をいう音楽用語。強制収容所の構内を歩いているときの心の切迫状態をいったものだろう。

『誰でもないものの薔薇』

この詩集は、ロシアのユダヤ詩人オシップ・マンデリシュタームに捧げられている。マンデリシュタームは一九三八年スターリンの恐怖政治下の収容所《ラーゲリ》で獄死した。一九三三年から種々の迫害を受けており、ツェランはこの詩集の随所で彼を想起、それは自分たちユダヤ人のナチスによる迫害を想起するためだったと思われる。

「ぼくらにさしだされた」 広い収容所の敷地内から夜空を見上げていたときの詩と仮定していいだろう。満天の星。ツェランは亡き母親を想って夢うつつの状態にある。この詩の中の「空無」という訳語は、次の詩の「無」と同じ。

「頌歌」 「頌歌」は普通では神へのほめ歌であるが、ここではそれを「誰でもないもの Niemand」への頌歌とした。これは、リルケの「薔薇よ、おお純粋な矛盾／こんなに多くの瞼の下で、誰の眠りでもない（Niemandes Schlaf）という／喜び」という詩句を踏まえているが、ツェランの方が神への恨み（危急の際、救援に駆けつけなかったことへの）がこもっている。

「あかるい石たち」 「あなた」に手向ける詩。「あなた」は戦中に死んだ最愛の人、つまり母親だろう。

『息のめぐらし』

「わたしをどうぞ」 この詩集『息のめぐらし』以降には一体に、この幼児のように痛いたしい気持ちを読者に呼びおこさせるものが多い。

「立っていること」 自分を絶体絶命の境地に立たせること。ただし、「宙の傷痕の影のもとに」とあるので、傷つき死んだ者への想いにみたされて、の意である。

「糸の太陽たち」 「太陽たち」と複数形になっているが、北極圏の実際に太陽が糸状につらなって見える現象をいったものだろう。「荒蕪の地 Ödnis」は、さびしい見捨てられた地の意味。ツェランにとっての戦後の神のない絶望的な風景をいっているのだろうが、北極圏のような、極北の地と取る方が分かりやすい。絶望の果てにもなお歌が歌える（詩が書ける）の意味だろう。

「灼きはらわれた」　自分の詩は偽物と断じた上で、前出「夜ごとゆがむ」の詩同様、高山の氷河地帯を行く。一番奥まった所に「息の結晶」があり、これをツェランは「あなた」の証《あか》し、つまりおそらく死んだ母親の最後のひと息の結晶と見なす。なお「息の結晶」はここから、ツェランの夫人ジゼル・ツェラン＝レストランジュとツェランとの第一詩画集（一九六五年）の題名が取られている。

「ひとつのどよめき」　「暗喩《メタファ》たち」というのは、詩の代名詞と考えていい。詩について喋々喃々してる間に、本物の「どよめき」が（災厄が）もち上がった、の意。この災厄は、ツェランに即していえば、過去の戦争による災厄（その最大のものは、母親の死）であるが、詩が書かれた時点に立って考えれば、自分の死の予感ともいえる。この災厄を震災と考えることももちろん読者の自由で、それは身近なところでは二〇一一年の東日本大震災を体験した日本人読者の立場でもあろう。

『糸の太陽たち』

「刻々」　これも前詩同様一つの災厄の訪れと、そこから逃避することの不可能と見ていいだろう（私事にわたるが、一九九五年の阪神大震災に遭遇したときの僕の友人の感想は、この詩同様、「三百六十度逃げ場なし」だったという）。主人公が居る場所に光がすみずみまで行きわたってきて、その逃げ場がない。そのあとに襲うだろうものは狂気である。これはビューヒナーの『レンツ』の場合である。レンツは発狂の途上にあって、この詩のように光を全面から浴びながらそれに耐えている。ツェランに即していえば、自分を自殺から守る唯一の手段が「心をあつめよ」だったろう。

「**咬傷**」「ここ」というのは、逆に結局は「自分の心の中」だろうが、それ、つまり心傷をもとりさらねばならないというのは、受けた傷の深さを言いあらわしている。ツェランは文筆開始のころから、イヴァン・ゴルという高名な詩人の夫人から、夫の作品を盗作したという的はずれの非難を受けつづけて、それに信じられないほど傷ついていた、これがツェランの生涯にわたる精神病の原因であるというのが子息エリック氏の意見であるが、訳者としては、やはり戦争中の父母の死という大きな傷が底にあり、それを戦後別の小さな傷が刺激しつづけて、彼の鬱を深め、最後は彼を自殺に追いやったのだと思う。いずれにせよ、この大きな心傷は拭い去ろうにも拭い去れない傷だった。

「**そのさなかへ**」　流れ下る大きな河のような形状の一筋の氷河に霰《あられ》が降りこめる。それが集積して、さきほどの氷河の上を雪崩のように滑り落ちる、下流にゆらめく「火影《ほかげ》」をも飲みこんで滑り落ちる。これはおそらく二重遭難の場面、つまり最初に氷河のどこかで第一次隊が遭難していて、それを救助するための第二次隊が降りはじめた霰の集積の滑降に遭難するというような場面を思い描いているものと思われる。

「**おまえは**」　自分はずっと死を思いとどまっていた、という内容のものであるが、このような自死への想いをツェランは随分前から持っていた。一九六三年の『誰でもないものの薔薇』内の詩「そしてタルッサからの本とともに」には、「受けた傷の数かずのために舞い立つ力を獲得して、彼（ツェランのことだろう）がそこから再生へと身を投げたミラボー橋（ツェランはミラボー橋から身を投げた）の敷石について」の文句もある。

「アイルランド風に」「穀物階段」とは農業用語で、二十束の穀物を積み上げた山。「あなたの眠り」の「あなた」は死者と思われるので、この詩もやはり、自死への想いを書いたものだろう。

「時がきた」「脳の鎌」は脳の一部をさす解剖学用語だが、ここでは同時に「鎌」を別意のることの多かった「三日月」に取っていいだろう。天空を不吉なものが支配するイメージで、ツェランが援用するビューヒナーの『レンツ』の主人公も発狂寸前に同様のことを口にする。

「力、暴力」　ゴッホが切り取った自分の耳を友人のゴーギャンに送りつけた挿話が第三節である。第一節の「力、暴力」はそのようなイラショナルな行為の発生源、第二節はそのような行為を生んだ忌まわしい状況の指摘である。


『迫る光』


「かつて」　多くのユダヤ人とともに強制収容所の犠牲となった「あなた」（最愛の母親）は、それでも「わたし」の胸の中にだけは生きている。

「ブランクーシ宅に、ふたりで」　ツェランは一九五六年、妻のジゼルと二人でブランクーシ宅を訪ねたことがある。松葉杖を突く老人は、強制収容所内の老人のイメージで、ツェランの詩の中によく出てくる。

「さえぎられて」　自分以上に苦悩が多いと思われていた者（イエス・キリストのことかもしれない）のために阻まれていた自死を、いつの日か遂げること。

「**あなたが**」　自分が死ぬ最後の瞬間になっても、「わたし」の胸の中に住む「あなた」は消え去ることがない。

「**祈りの手を断ちきれ**」　神への祈りの断念。

「**狂気への道をたどる者の眼**」　自殺へ走る狂気の眼。しかし、この眼は最後の瞬間、強制収容所で死ななければならなかった者たちの報復を遂げるだろう。

「**あらかじめはたらきかけることをやめよ**」　ひとりでにくりひろげられていく運命に身をまかせること。その中間には祈りの放棄や、身が凍えつくような虚無感があっても。筆のおもむくままに、その中にあなたが身を隠した死の中へ入っていくこと。

『**雪の区域**《パート》』

「**落石**」　強制収容所の犠牲者たちにも死の寸前めぐまれた幸福な想念。これはもちろん、生き残った者の想いで、死者がこのような想念を抱いて死んでくれたのではないかという期待にすぎない。しかし、それが生き残った者の気休めになるのであれば、このような詩はそれはそれで存在の価値はある。詩とはおそらく元来そのようなものだろう。

この詩に当然付されてもいいような絵がツェランの夫人ジゼルの銅版画にあるので掲載した。

Ⅱ　詩論

＊講演

「ハンザ自由都市ブレーメン文学賞受賞の際の挨拶」「もろもろの喪失のなかで、ただ『言葉』だけが、手に届くもの、身近なもの、失われていないものとして残りました」――この場合の「喪失」は、とりわけツェランが生まれた旧ルーマニアのチェルノヴィッツ市内での事柄をめぐって言われている。パリに出るまで故郷喪失者として過ごした彼にとって、どんな土地も、そしてその中でのもろもろの出来事も相対的なものになった。その上で「言葉だけが、失われていないものとして残りました」――自分にとって母国語であるドイツ語だけが体から離れないものとして残った、の意である。「しかしその言葉にしても、みずからのあてどなさの中を、おそるべき沈黙の中を、死をもたらす弁舌の千もの闇の中を来なければなりませんでした」――このうち「沈黙の中を」というのは、言語を絶した体験の中をの意味であり、「死をもたらす弁舌の千もの闇の中を」というのは、例えば戦争中散々ナチスに悪利用された言葉、例えばヒトラーが呼号した「千年王国」や、日本でも「散華」「玉砕」などの言葉がことさらに美化され悪用されたことの間をくぐり抜けて、の意味である。そもそもドイツ語自体、ツェランには家庭で父母が話した言葉という意味での母国語であったほかに、自分たちユダヤ人を迫害した国民の言語という意味での敵性語だった。このジレンマをくぐり抜けなければならなかったことを含めて、第二次世界大戦は彼に大きな試練を課したといえる。「詩はその永遠性に時間を通り抜けて達しようとします」――詩は時代のあらゆる悪とわたりあってでも、その真情を貫く、の意味だろう。このような真情が誰かの胸に届くことを欲するのが、ツェランの有名な「投壜通信」論である。手紙を入れた壜が海中に投ぜられいつかは誰かの手に拾われること――それが詩の期待である、というのである。「(詩は) おそらくは語りかけることのできる『あなた』、語りかけることのできる『現実』をめざしているのです」――前半の「語りかけることのできる『あなた』」は、作者ツェランの場合まず第一によき聞き手である読者であるが、もう一つ、彼の詩の中に出てくる「あなた」は、それがどうしても戦争中彼が失った最愛の者、母親を髣髴《ほうふつ》とさせるということがある。彼の詩は母を恋うる詩であり、探索してもむなしい母の面影を自分の言葉で何とかよみがえらせようとする努力がそこにはある。後半の「語りかけることのできる『現実』」というのは、詩を単なる絵空事に終わらせないで自分の周囲の実世間にむけて書くこと、詩を書くことを単なる快適な空回りに終わらせないことを意味する。

「子午線」 ドイツ最高の文学賞といわれるビューヒナー賞受賞に際しての講演である。その名が賞に冠されているゲオルク・ビューヒナー(一八一三―一八三七)の数少ない作品を扱ったもので、戯曲の『ダントンの死』や『ヴォイツェク』や『レオンスとレーナ』、散文の『レンツ』がこの講演の底に使われている。展開されているのは芸術論で、つくりものとしての芸術への呪詛に始まり、やがて芸術の、というよりは詩の擁護に入る。『ダントンの死』では、発狂寸前は劇中に登場するリュシールという女性のイラショナルな叫びが、『レンツ』の中での主人公の「逆立ちして歩きたい」というやはりイラショナルな想いが擁護される。

ツェランがビューヒナーをダシにして、おのれを語った、といえば聞こえは悪い。しかし、この両者にはもともと共通点があって、ツェランには戦争中の体験に由来する迫害妄想があったし、一方ビューヒナーはといえば、七月革命後の過激な学生運動に加担してアジ文書『ヘッセンの急便』を書いたために官憲に追われる身の上になっていた。これが両者の作品に共通の追いつめられた者の切羽つまったトーンを与えている。

「ヘブライ文芸家協会での挨拶」 一九六九年にテル・アビブに招かれたときの講演。

＊散文

「エドガー・ジュネと夢のまた夢」 エドガー・ジュネはドイツのザールラント州出身の画家。ツェランは一九四八年にしばらくこの画家のウィーンのアトリエに寝泊まりしたことがある。この画論は最初ジュネの画集に付され、その後当時の雑誌『ペスト記念塔《ゾイレ》』にジュネの二葉の絵とともに掲載された。ジュネの絵（とりわけ「北極光の息子」にツェランは感銘を受け、「ここに描かれているのは自分だ」と言ったという）に寄り添いながら、「深海の魂」から発する真に自由な絵画の誕生を願う。

「逆光」 ツェラン独特の逆説による箴言《アフォリズム》集。

「パリのフリンカー書店主のアンケートへの回答」 フリンカー書店はセーヌ河岸にあるドイツ書専門店。ツェランに限らず、戦後すぐの若い作家たちは、ナチ時代の仰々しい誇張表現に対する反感から、ここにあるような冷静で精確な言葉を、「美しい言葉」より真実の言葉を求めようとした。

「山中の対話」 ツェラン「散文」中の白眉。詩論「子午線」に先立つもので、もっと私的な、独白的内容のもの。二人のユダヤ人が山中で出会って話をかわす。その一人はツェランだが、もう一人の方は、実際にツェランとシルス・バゼルジア（エンガディン）で会う予定があったテオドール・W・アドルノであるといわれている。労働収容所内での孤独な体験を語る方が、おそらくツェラン。

「ハンス・ベンダーへの手紙」 自己の全身全霊をかけた詩への取り組みかたの表明。

「フリンカー書店主のアンケートへの回答」 雑多でいい加減な詩の書き手への非難がこめられている。

「真実、雨蛙、作家、赤ん坊を運んでくる鸛《こうのとり》」 ウィーンの作家ローベルト・ノイマン編の『三十四人の初恋――今世紀の二世代の作家たちが最初の性愛《エロス》体験を語る』に収められている。

「シュピーゲル誌のアンケートへの回答」 シュピーゲル誌が一九六八年、「革命は不可避か？」という質問をドイツの作家たち宛てに出したのに答えたもの。この質問の前提には、H・M・エンツェンスベルガーが『ザ・タイムズ・リタラリー・サプルメント』に書いたほぼ次のような「あれかこれか」の文章がある――「実際のところ、われわれは今日、共産主義と対決しているのではなくて、革命と対決しているのである。西独における政治体制はもはや手のほどこしようがない。われわれはそれに賛成するか、新しい体制をそれに取って代わらせるしかない。第三ノ策ハナイ」

「詩《ポエジー》は……」 同人誌『レフェメール』の十四号（一九七〇年）に掲載されたもの。

本書のための故ジゼル・ツェラン＝レストランジュ夫人の銅版画の使用については、ツェランの御子息Eric Celan氏の御承諾を頂いた。記して感謝する。

同じく、エドガー・ジュネの絵二葉の使用については、ジュネの姪御さんのBärbl Üblagerさんの御承諾と、Monika Bugsさんのその写真の御送付、そして浦江由美子さんにはこの間のお取次を頂いた。記してこれらの方々に感謝する。

本書の出版は白水社編集部の杉本貴美代さんの御意志によるものである。訳者と杉本さんとの話し合いの中では、ツェランの詩作態度の真剣さについてのほか、彼の詩は「母をたずねて三千里」みたいなものだというような冗談口もとびだした。杉本さんの御熱意に感謝する。

二〇一二年一月

飯吉光夫

パウル・ツェラン年譜

一九二〇年

十一月二十三日、旧ルーマニア領、現ウクライナ共和国内のチェルノヴィッツに生まれる。本名パウル・ペサハ・アンチェル。両親はユダヤ人。

一九三八年 **十八歳**

ギムナジウム（ドイツ語を話すユダヤ人生徒が大半を占めた）を卒業。十二月にフランスのトゥール大学医学部予科に入学。フランスに留学することは当時チェルノヴィッツの良家の子弟のよき慣習だった。

一九三九年 **十九歳**

七月、チェルノヴィッツに帰る。第二次世界大戦勃発によりトゥールに戻れず、十一月からチェルノヴィッツ大学でフランス文学を学ぶ。

一九四〇年 **二十歳**

ソ連軍がチェルノヴィッツ市に侵入、ソ連領となる。

一九四一年 **二十一歳**

七月、ドイツ・ルーマニア連合軍によるチェルノヴィッツ占領。ユダヤ人の強制連行が始まり、ツェランはユダヤ人ゲットーで強制労働に従事。しかし父親の請願により自宅に戻る。

一九四二年 **二十二歳**

六月、両親がトランスニストリア強制収容所に送られる。ツェランは逃走、ルーマニアの労働収容所生活。

秋、母親からの手紙で父親の死を知る。

一九四三年　**二十三歳**

母親が強制収容所で「うなじ撃ち」で殺されたことを知る。

チェルノヴィッツは再度ソ連領になる。

一九四四年　**二十四歳**

二月、チェルノヴィッツに帰還する。ローゼ・アウスレンダーと知り合う。

精神科の助手として働く。

秋、チェルノヴィッツ大学での学業再開。英文科でシェイクスピアを学ぶ。

一九四五年　**二十五歳**

四月、ルーマニアの首都ブカレストに移り、翻訳者・編集者として生活。

一九四七年　**二十七歳**

アルフレート・マルグル＝シュペルバーに認められる（一九四四年にすでに詩原稿を送っていた）。五月、シオランが発行していた雑誌『アゴラ』に数篇の詩を発表。シュペルバーの妻の勧めで、本名アンチェルをひっくり返したツェランというペンネームを採用。

冬、オットー・バージル宛の紹介状を持ってウィーンに脱出する。食うや食わずの徒歩旅行だった。

一九四八年　**二十八歳**

ウィーンで最初の詩集『骨壺からの砂』を上梓したが、誤植が多かったために回収。

シュルレアリスムの画家のエドガー・ジュネと知り合い、彼の画集にエッセー『エドガー・ジュネと夢のまた夢』を書く。のち雑誌『ペスト記念碑《ゾイレ》』に収録された。

インゲボルク・バッハマンと知り合い、恋愛関係に陥る。

七月、フランスへ旅行。パリに住む。ソルボンヌ大学でドイツ文学と言語学を学ぶ。

一九四九年　**二十九歳**

十一月、シュルレアリスムの詩人、イヴァン・ゴルを見舞う（ゴルは翌年二月に死去）。ゴルのフランス語作品の独訳を頼まれ、持ち帰ったが、のちにこれがゴル夫人とのゴル作品盗作騒ぎの原因となる。

散文詩「逆光」をチューリヒ紙『行為《タート》』に発表。

一九五〇年　三十歳

ソルボンヌ大学卒業。文学士号を取得。

翻訳者、文筆家となる。

一九五二年　三十二歳

第一詩集『罌粟《けし》と記憶』刊行。

五月、バルト海沿岸ニーンドルフでの「四七年グループ」集会で朗読。

十二月、版画家ジゼル・レストランジュと結婚。

一九五三年　三十三歳

十月、長男フランソワ、生後まもなく死亡。

一九五五年　三十五歳

第二詩集『敷居から敷居へ』刊行。

六月、次男エリック誕生。七月、フランス国籍を得る。

一九五六年　三十六歳

記録映画『夜と霧』がドイツで上映され、ドイツ語訳を担当。

この年から四年間パリに住んだギュンター・グラスとたびたび会う。

一九五八年　三十八歳

一月、ハンザ自由都市ブレーメン文学賞を受賞。

ランボー『酔いどれ船』などを翻訳刊行。

一九五九年　三十九歳

第三詩集『ことばの格子』刊行。

七月、エンガディン地方のシルス・バゼルジアに滞在。ここで会う予定があったが会えなかったアドルノとの架空の対話を短篇「山中の対話」に書く。

エコール・ノルマル・シュペリウールのドイツ文学講師になる。

マンデリシュタームの詩集などを翻訳刊行。

一九六〇年　四十歳

五月、アドルノとフランクフルトで会う。チューリヒでネリー・ザックスと会う。（六月にザックスがパリのツェラン宅を訪問）

九月、マルティン・ブーバーと会う。
十月、ゲオルク・ビューヒナー賞受賞。受賞講演「子午線」を行なう。
ヴァレリー『若きパルク』を翻訳刊行。

一九六一年　四十一歳
秋、重度の精神障害になる。
エセーニン『詩集』などを翻訳刊行。

一九六二年　四十二歳
十二月末から精神病院に入院。以後、晩年まで入退院を繰り返す。

一九六三年　四十三歳
第四詩集『誰でもないものの薔薇』刊行。

一九六五年　四十五歳
九月、妻ジゼルのエッチング八葉を収めた第一詩画集『息の結晶』刊行。
十一月、妻ジゼルをナイフで襲う不祥事があり、強制入院。

一九六六年　四十六歳
十月、アンリ・ミショーの翻訳詩集を刊行。

一九六七年　四十七歳
第五詩集『息のめぐらし』刊行。
一月、ナイフで自分の胸を突き、自殺をはかるが、心臓を外れて未遂。病院で緊急手術による治療。
七月、フライブルク大学での朗読会にハイデガーが訪ねて来、翌日彼の山荘に招かれる。
シェイクスピアの翻訳詩集『二十一のソネット』刊行。

一九六八年　四十八歳
第六詩集『糸の太陽たち』刊行。
夏、ボンヌフォワ、デュ・ブーシェ、デ・フォレ、ピコン、デュパン編集の同人誌『レフェメール』の同人となる。
シュペルヴィエル、デュ・ブーシェ、ウンガレッティの翻訳書を刊行。

一九六九年　四十九歳
第二詩画集『黒い通行税』刊行。
九月～十月、イスラエルへ旅行。

一九七〇年　五十歳
四月十九日、セーヌ川に投身自殺。
七月、第七詩集『迫る光』刊行。
一九七一年
第八詩集『雪の区域《パート》』刊行。
一九七六年
第九詩集『時の農家の中庭』刊行
一九九一年
十二月、妻ジゼル死去。遺児エリック・ツェラン。

（飯吉光夫編）

編訳者略歴

一九三五年旧満州奉天生まれ。五九年東京大学独文科卒。六二年同大学院修士課程修了。七三〜七四年ベルリン・パリに滞在。首都大学東京名誉教授。

主要著書：『パウル・ツェラン――ことばの光跡』（白水社）
『パウル・ツェラン』（小沢書店）
『傷ついた記憶』（筑摩書房）

主要訳書：ツェラン『罌粟と記憶』（静地社）、『閾から閾へ』（思潮社）、『ことばの格子』（書肆山田）、『誰でもないものの薔薇』（静地社）『息のめぐらし』（静地社）、『絲の太陽たち』（ビブロス）、『迫る光』（思潮社）、『雪の区域』（静地社）、『パウル・ツェラン／ネリー・ザックス往復書簡』（ビブロス）
グラス『ギュンター・グラス詩集』（青土社）、『僕の芝生』（小沢書店）、『本を読まない人への贈り物』（西村書店）
P・ヴァイス『敗れた者たち』（筑摩書房）
アンドレーアス＝フリードリヒ『舞台・ベルリン――占領下のドイツ日記』（朝日選書）
R・ヴァルザー『ヴァルザーの詩と小品』（みすず書房）
F・トールベルク『騎手マテオの最後の騎乗』（集英社）
ハイネ『ハイネ詩集 愛のいたみに』司修画（サンリオ出版）
ハイネ、ケストナー他『世界の名詩を読みかえす』（いそっぷ社）

パウル・ツェラン詩文集

二〇一二年 二 月二〇日 第一刷発行
二〇二五年 二 月一五日 第九刷発行

著　者　パウル・ツェラン
編訳者　© 飯《いい》吉《よし》光《みつ》夫《お》
発行者　岩堀雅己
印刷所　株式会社 精興社
発行所　株式会社 白水社

東京都千代田区神田小川町三の二四
電話　営業部〇三（三二九一）七八一一
　　　編集部〇三（三二九一）七八二一
振替　〇〇一九〇-五-三三二二八
郵便番号 一〇一-〇〇五二
www.hakusuisha.co.jp

乱丁・落丁本は、送料小社負担にてお取り替えいたします。

株式会社 松岳社

ISBN978-4-560-08195-2

Printed in Japan